Jennifer Chan is Not Alone

陳珍妮的宇宙指南

TAE KELLER
泰・凱勒—著
羅亞琪—譯

三民書局

推薦序

在這個巨大的宇宙裡，你並不是孤單一人

文學閱讀推廣者
綠君麻麻

我想告訴打開本書的你／妳，現在正處在一個非常美好又極其珍貴的年紀，這個年紀所做的每一個決定或每一件事，都有可能成為影響人生的關鍵，改變你對人生的看法，形塑你的人格。

在這個年紀時的我，具備無畏、好奇、躍躍欲試、什麼都想嘗試的勇氣，但一方面也在意他人的眼光，想要討好別人，想要迎合別人，又想要變得與眾不同，擁有許多喜愛的目光。於是有的時候很大膽，又有的時候很小心，心中糾結得不得了。

那是一段很珍貴的時光，身上像長了許多刺，也像長了許多柔軟的毛，有點尖銳，又很敏感。伸出了一點觸角想要探索世界，卻很容易被這世界所傷。這也是我

帶著憐惜的眼光看著這一本關於青春成長，以及霸凌的小說。

一切傷害都源自於太年輕了。

故事中的女主角瑪洛麗個性有點保守平凡，她與受歡迎的蕾根交上朋友，在學校有了安穩的地位及日子，因此堅信要安然無事地過完校園生活，就要堅守學校的階級秩序。但沒想到她遇上剛轉來的亞裔新同學珍妮，珍妮有點古怪特別，她非常喜歡宇宙、外星人、科幻太空文明的事物，並私下把瑪洛麗當成了信任的夥伴，與她分享自己的心得及喜好。

珍妮我行我素的個性，無視於學校秩序也不積極融入學校朋友圈中，讓別人對她的誤會越來越深，尤其是蕾根，更對珍妮有著巨大的誤解。瑪洛麗夾在兩人中間，選邊站的壓力以及怕事的個性，終於讓她做出了「那件事」。

「那件事」之後，珍妮就失蹤了。

整本小說帶著懸疑緊湊的氛圍，時間線採過去與現在並行，卻不會讓人覺得混亂，反而有種抽絲剝繭的快感，一步步跟著劇情找出珍妮的下落。同時這本小說在字裡行間，更探討了每個人的心理樣貌，像是霸凌者的心態、加害者的惶惶不安，以及如何原諒、如何彌補、如何道歉。

我很喜歡書中有時候會插入的《陳珍妮的宇宙指南》。與其說那是珍妮的宇宙筆記，倒不如說那是一種人生哲學，有時候會從筆記裡面，找出珍妮對於生活的一種理解，像是提到重力和暗能量時，珍妮寫道：「我們把彼此推開，又把彼此拉近。我們互相傷害，然後又互相幫助。我們出發探索浩瀚的宇宙，然後又回歸家園。」這些筆記，也為整本小說暗暗下了註解，提醒讀者，或許人與人之間也像浩瀚無垠的宇宙一樣，每個人都是一個星體、彼此獨立存在，卻又因著引力，而有秩序地運行，有時候會相會，有時候會錯過。當你把格局放大至宇宙，那些人際間的摩擦及誤解，突然就變得渺小而不值一提了。

這本小說探討的議題既深而複雜，除了青少年之間的友誼之外，也有種族歧視的探討，霸凌者與被霸凌，每個人的心理描寫。

看完小說你可以想一想，一開始沒有人是邪惡的，但是什麼原因一步步讓故事中的角色誤解，最後做出不該做的事。又該怎麼彌補？站在每個角色的位置上，有沒有是可以再重新改過，以及努力的地方？而我們如何可以擁有勇氣，去對抗內心的黑暗與懦弱？

這本書是作者寫給自己的療癒之書，她透過書寫，一點一滴地治療自己，同時也和從前那些霸凌她的同學們，做一場真正的和解，希望讀完這本書的你，也可以獲得一點啟發和智慧。

致十二歲的我——

這是一本醞釀了十五年的書

現在 1

一切的結束就從那個震動聲開始。你一定知道我在說什麼，就是那聽起來像昆蟲發出的震動聲，會讓你心跳加速，告訴你有人想要引起你的注意。

所以我或許應該這麼說：一切的結束就從那則訊息開始。

我們等等才會提到那則訊息。現在，我人在學校的禮拜堂，兩邊坐著泰絲和蕾根。我的大腿因為貼著木頭長椅所以狂流汗，衣服黏在我的後背。頭上的電扇雖然在轉動，卻還是敵不過這座佛州小鎮的酷熱，即使現在已經十月。

蕾根拿演奏會的節目單給自己搧風，假裝快要睡著，甚至還裝出輕微的打呼聲。泰絲努力不笑出聲，我睜大眼睛瞪著她們，用眼神說：專心一點，不然我們會有麻煩！但同時也表示：沒錯，我快無聊死了。

我不用說話就可以傳達很多訊息，這在參加這種晚間管弦演奏會時超方便。

老實說，蕾根有時是有點誇張，但她也不完全是錯的。我們會參加這些演奏會，純粹是因為泰絲的妹妹也在管弦樂團，而我們當然不能讓泰絲一個人出席。只是，吉朋中學的樂團有個問題，就是他們從來不學新的樂曲，只會整年演奏相同的聖誕頌歌，每年都一樣。〈平安夜〉聽了一百萬次後，真的有點……讓人受不了。

然而，我心裡其實暗自覺得那些琴弦與熟悉感讓人蠻舒服的，今天的我特別歡迎這樣的一成不變。

今天，我一直在跟我的大腦打架，一邊想著星期五的**那件事**，一邊努力不去想它。我的思緒不停飄走，一直回想整個人就要解體的那種感受，然後我得硬是將思緒拉回這個正常透頂、無趣至極的夜晚。*你看，又是〈平安夜〉，每次都一樣。*

就在此時，蕾根的手機發出震動。

是那則結束一切的訊息。

但是，我還不曉得那是一則結束一切的訊息。樂團正開始演奏〈聽啊！天使高聲唱〉時，我看著蕾根從口袋裡掏出手機。

有那麼一瞬間，她皺著眉盯著螢幕上的名字，接著又換了個表情，好像發覺自己這樣反應不對。她面露微笑，抬高的眉毛消失在深棕色的瀏海底下。她的藍眼睛散發出光芒，彷彿在說：*我有一個祕密。*

她用唇語說：「是彼特。」

我鬆了一口氣，在心裡對宇宙說聲謝謝。用這件事來分散注意力再好不過了，因為不像**那件事**，蕾根和彼特之間的糾葛容易預測、千篇一律，跟聖誕頌歌一樣一成不變。

泰絲有點大聲地輕聲問：「真的假的？」

前排一個不認識的家長噓她一聲，蕾根翻了翻白眼，隨即低頭閱讀彼特的訊息。她讀著讀著，肩膀僵硬了起來。她沒說什麼，一動也不動，眼珠子在螢幕上來回掃動，好像是在反覆閱讀訊息內容。我想湊過去看，但她卻把手機轉向另外一邊。來不及了，我這才發現自己做錯了什麼。那微小的動作，那遮住螢幕的舉動，會讓泰絲覺得這很可能是一則特別有趣的八卦，她這下子絕對不會放手。

她問：「他說什麼？妳一定會告訴我們吧？」

泰絲有個特點，那就是從她口中說出來的每一句話都是問句。就算明明是在說一個陳述句，她也會在句尾加上問號。

她靠過來想離蕾根近一點，我試著把她推走。泰絲手長腳長，又高又瘦又刺人。她的手肘戳到我的肚子，橘紅色的捲髮黏到我的唇膏。我說：「泰絲，不要這樣。」

我分心了，所以一時沒有注意到蕾根的反應。她咬著嘴唇，臉色蒼白到兩頰的雀斑變得鮮明，宛如被油漆潑濺所留下的斑點。她這種表情我只看過一次。在超過一年的好姊妹友情之中，就只看過那麼一次。

蕾根在害怕。

我的心怦怦跳個不停，但我命令它別再這麼誇張。我對蕾根說：「妳應該把手機收起來。」我不能否認自己也很好奇，但是經過上星期的事情後，我沒心情接受新的刺激。

泰絲說：「呃，妳應該不要把手機收起來？因為妳一定要告訴我們到底發生什麼事了？」

前面那位家長轉頭噓我們第二次，但蕾根不理任何人。

她跟彼特來回互傳訊息，最後終於抬起頭輕聲說：「珍妮家外面有警車。」

這一點也不正常。

我說：「不可能。」至少我覺得我好像有說這句話。因為雖然我聽得見自己說話，但卻沒有真正意識到自己說了什麼。我試著尋找合理的解釋。「妳覺得警察會不會只是……剛好經過？或者……妳覺得——」

泰絲打斷我：「會不會珍妮告訴警察我們做了什麼？他們要來抓我們嗎？」

我真希望泰絲可以冷靜一點，我真希望她可以緩一緩，不要立刻下定論。我沒辦法思考。

我的右腳開始抖動，我的心跳得好厲害，害我連——不會，才不會，這沒有道理，我們不可能因為**那件事**就去坐牢。那當然不是什麼好事，我也不喜歡去想，但它也沒有那麼嚴重。那又不是違法的事。

蕾根說：「別傻了，警察不是去抓我們的。」她把「傻」這個字唸得又硬又兇，讓我忍不住瑟縮。

「所以，到底——？」泰絲說到一半，蕾根的手機又震動了一下。

她盯著螢幕，輕聲說：「彼特不應該知道這些，他是從他爸那裡聽到的。」彼特的爸爸是郡警長，所以他總是知道一些不該知道的事。

蕾根吞了一口口水。「珍妮不見了。」

這幾個字緩慢落在我心頭，厚重又冰冷。炎熱潮溼的感覺消失了。我複述道：「她不見了。」

我試著理解這句話，但這實在太怪異了。這座小鎮從來沒有發生什麼大事。這裡是無名鎮，從來不會發生什麼大事。

蕾根看著我，在她冰冷的表情之下，只有我看得見她的焦急。她的眼神說：我需要妳。「珍妮留下一張紙條，說要離家出走。」

「她離家出走。」我好像只能複述蕾根的話。

泰絲靠過來，問道：「她有說為什麼嗎？」

蕾根眨了眨眼，彷彿忘了泰絲也在，但我必須承認，我很高興泰絲問了這個問題，因為我也非得知道不可。

蕾根搖搖頭。「不確定。彼特的爸爸不給他看紙條。」

這樣說也許不公平，但是我突然很氣彼特。我恨死他了。他不知道事情的全貌，為什麼要告訴蕾根？他不知道最關鍵的資訊，幹嘛告訴她呢？

泰絲說：「天啊，妳們覺得這是珍妮的復仇嗎？」

這個想法令我頭昏腦脹。

泰絲又說：「妳們覺得珍妮是不是想報復我們？想害我們陷入麻煩？」

她的問題消滅了我最後一絲的理智、任何殘餘的正常。我感覺我的內臟要融化了。

禮拜堂的氛圍變了，我發現大家都在竊竊私語，彷彿珍妮的消息具有實體，可以看到它在禮拜堂裡慢慢擴散。我們最先得知，接著彼特最好的朋友凱爾看了手機，對另一個朋友低語。

凱爾傳訊息給某人，接著他交往兩天的女友手機「叮」了一聲，她倒抽一口氣，然後所有運動派的女孩都開始小聲交談。

我看著這個消息像漣漪般傳過所有的學生。不是全校的學生今晚都有出席，但是人數也夠多了。今晚結束前，幾乎每一個人都會知道。

消息如浪潮般傳過一排排的長椅，有些學生轉頭看我和蕾根，好像想知道該如何反應。我被他們盯得發毛顫抖，無法控制自己的身體。

很快地，消息傳到家長那裡，他們互相竊竊私語。

有一點你需要知道，那就是無名鎮的消息傳得很快。

我聽見有人說到她的名字，起初輕聲細語，接著越來越大聲。珍妮，珍妮，珍妮——。躲也躲不掉，她無所不在。

但她不在這裡。

一名家長上前跟指揮說了句什麼，指揮暫停樂團演奏。手機響個不停，人們交頭接耳。

整個世界充滿吵雜的聲音。

我聽見人們一再重複：「陳珍妮離家出走了。陳珍妮不見了。」

一切的結束就從那個幾乎聽不見的震動聲，靜靜地開始，但最後卻不是那樣結束的，完全不是。

2

在那之後，管弦演奏會很快就散場了。

大家全都開始移動，泰絲的媽媽跑過來，把手放在泰絲的肩上，說：「噢，真是可怕的消息！」泰絲的媽媽似乎對每件事都很有意見，反應也很誇張，但是今晚，她的反應似乎比不上事情的嚴重性。「我們帶妹妹回家吧。」

泰絲說：「可是我的朋友需要我。」她的眼睛散發著恐懼、困惑，還有一種可怕的興奮之情。

老實說，泰絲的媽媽把她拖走，讓我鬆了一口氣。她們消失在人群中，人們亂成一團，有人提出問題，有人提出可能，有人手摀著嘴，有人手按著心。

我轉向蕾根。「我們該怎麼辦？」

蕾根搖搖頭，檢查一下手機，但是彼特沒有再傳訊息過來，沒有訊息神奇地解釋這一切。

「妳還是會來過夜吧？」我聽見自己的聲音帶著一絲焦急，但是這一次，我沒有刻意隱藏。小提琴在我腦中發出刺耳的聲響，世界變得模糊。

蕾根皺起眉頭。「瑪兒，沒事的，一切都會沒事的。」

對，一切都會沒事的，這只是個平靜的夜晚，跟其他的夜晚一樣。

媽媽突然憑空冒出來。

不，不對，不是憑空冒出來。

媽媽從禮拜堂後方的座位走過來，手臂環抱著我的腰，將我帶離朋友身旁，在我耳邊說：「妳需要呼吸新鮮空氣。」

我說：「等等，我需要蕾根。」

我四處張望，突然發現：蕾根不見了！

不，這也不對。她就站在原地，皺眉盯著手機。

我的大腦此時運作得不太好。

媽媽帶我穿越混亂的人群，來到一個安靜的角落，接著在我面前跪下，雙手捧著我的臉。「妳還好嗎？有沒有要昏倒的感覺？」

我閉上眼睛，直到眼皮後方不再有閃爍的光點，接著告訴她：「我只有昏倒過那麼一次，又不是什麼大不了的事。」

媽媽皺起眉頭，顯然想說些什麼，但是之前噓我們的那位家長走過來，輕碰媽媽的手臂。

他說：「我們正在組一個搜索隊，有越多人參加越好。」

我眼冒金星。

媽媽回答：「給我們一點時間。」他離開後，媽媽不斷重複她的「瑪兒沒事咒語」：「深呼吸。瑪洛麗，深呼吸。」

我說：「我沒辦法……」我沒辦法集中思緒。好多問題在我腦海浮現，然後在我來得及記住之前又消失了。*珍妮為什麼要離家出走？她去了哪裡？她有跟任何人說我們做了什麼嗎？*

媽媽緊抓著我的手腕，緊到我能感受到脈搏撲通撲通在她拇指下跳動。「噢，寶貝，我知道這有多嚇人，我知道。」

「蕾根呢？」我沒在禮拜堂看見她，她沒跟著我們穿越人群。

媽媽往後退。「妳不必擔心蕾根，她很好，泰絲的父母會帶她回家。我知道妳很擔心珍妮，但是現在妳不必擔心蕾根。」

「他們要帶她回家？可是她原本要來過夜的！」

我知道我說的話十分荒唐，可是蕾根是我最好的朋友，能夠貼近我的心思，知道我在想什麼，甚至比我還快知道。我只想要跟她一起熬夜，反覆討論發生了什麼事。

媽媽的耐性開始動搖。「瑪洛麗，蕾根很好。」她吸了一口氣。*深呼吸。媽，深呼吸。*「我知道這很嚇人，我知道妳很擔心妳的朋友。」

我原本以為她指的是蕾根，但是不是，她指的當然是珍妮才對。*我的朋友。*這幾個字讓我的世界天旋地轉。有那麼一瞬間，我又回到腳下那間位於禮拜堂地下室的廁所，重新經歷**那件事**。蕾根的話迴盪在我耳邊：*妳以為妳是誰啊？*

我甩甩頭，回到現實，回到禮拜堂。

陳珍妮離家出走了。

什麼樣的人才會*離家出走*？

媽媽輕捏我的手，說：「寶貝，有我在這裡。」媽媽有個不對我說謊的原則，所以她沒有說：*一切都會沒事的。*

我望向她身後的那些鄰居和老師——是搜索隊。無處可藏的無名鎮竟然會有搜索隊。

我突然發現，我很害怕他們會找到什麼。我替珍妮、替蕾根、替我自己感到害怕。怕到快升天了。

我想要鑽進媽媽的臂彎，感覺她緊緊抱著我。可是，我還在學校，身邊都是同學，所以我只有閉上眼睛，專注在她的手放在我手臂上的感受。

我開口說話，聲音變得不像自己，而是有點像蕾根剛剛的聲音，介於耳語和啜泣之間。「她會回來嗎？」

媽媽從不說謊。她用拇指輕撫我的手臂，說：「我不知道。」

過去 3

如果說震動聲是一切的結束，那麼蘋果派則是一切的開始。因為，陳珍妮搬到無名鎮的那天早上，媽媽烤了一個派。

有件事你需要知道：我媽烘烤東西向來是個不好的徵兆。媽媽手裡拿著烤好的食物時，好像頭上有一個閃爍的牌子，上面寫著：**生人勿近**。

我走進廚房時，媽媽背對著我，所以我一看到那個派，就馬上掉頭。可是，爸爸抬起頭，看到了我。

「早安啊，瑪洛麗。」他坐在餐桌旁，啜飲著很可能是早晨第三杯的咖啡。「睡得好嗎？」

我小心翼翼、靜悄悄地走進廚房，彷彿我在靠近一頭全身灑滿糖粉的牛羚。「我睡地很好。」

媽媽拍掉手上的麵粉，轉過來看我。「瑪洛麗，是『得』才對，妳睡『得』很好。」然後她皺起眉頭。「妳臉上那是什麼？」

我挪動了一下。暑假剛開始，蕾根還沒有去費城跟她二十二歲的姊姊凱特住一個月之前，她就開始化妝了。她把多的眼線筆送給我當禮物。

我也不是把妝化得多濃，就只有在下眼皮的地方化了一點點，好讓我普通的棕色眼睛看起來比較大。跟蕾根一起化妝讓我感覺很酷，好像我變成了十四歲，而不是十二歲。

可是，媽媽卻讓我覺得我是個玩辦家家酒的小鬼頭。我的眼睛突然因為想哭而刺痛。最近，我跟媽老是這樣。

爸爸用他典型的老爸口吻說：「她在嘗試以外在的方式表達內心的感受。」這使我感覺更差了。我沒有想要表達什麼啊，這就只是*化妝*而已。

媽媽給爸一個眼神，表示：*我們等一下再談*。她清清喉嚨，說：「我很高興妳起床了。我正要去歡迎新鄰居搬來諾威爾。」

我說：「天啊，妳要去找*陳珍妮*嗎？」我有點不好意思承認，但是說到她的名字時，我的聲音變成細細的耳語。我克制不了。畢竟，那些傳言讓她變得超紅的。

媽媽皺眉說：「是的，還有她的母親。妳可以一起來。」

情況真是越來越棒了！「妳是說，我會成為無名鎮第一個見到她的小孩？」

爸爸喝了一口咖啡，掩飾自己的笑容。「瑪兒，盡量別在公開場合叫這裡無名鎮，那有點令人厭煩。」

就這樣，化妝話題帶來的尷尬感消失無蹤。實在是太酷了，我可以親眼證實謠言是否屬實！我一定要傳訊息給蕾根，她肯定會忌妒得不得了。

住在對面的馬丁婆婆去世之後（願她安息），我們就開始觀望，看看下一個住進去的是誰。自從蕾根和她爸爸搬來後，沒有任何新居民搬到鎮上，所以我們這些小孩都很希望認識跟我們年紀相近的人，可以增添剛剛好的新鮮感。

結果，我的年級再次中獎！先是來了蕾根，現在又來了陳珍妮。

然後，哇，謠言開始得可真快，她都還沒搬來，我們就聽到各種傳言：

陳珍妮在原本那所學校用手刀劈了某個學生，害他全身上石膏。

陳珍妮搬到無名鎮是為了不被關進教養院。

陳珍妮的媽媽其實是個被通緝的殺人犯，因此她們兩個都必須用假身分。

陳珍妮根本不是陳珍妮的本名！

在無名鎮，總是有人在傳一些事情，卻沒有人知道哪些事情是真的。可是，真相也不見得一直都很重要。有時候，人們對某個人的看法和評論都比真相重要多了。因為仔細想想，別人對我們抱持的種種想法不就是真實的我們嗎？

我告訴爸媽：「聽說她手刀劈了某人，害他全身上石膏。」

爸爸噗哧一聲差點嗆到，媽媽則是重重把派放在檯面上。我試著忽視它飄散出來的香味——是肉桂蘋果，我的最愛。媽媽指著我，說：「那是一個非常可笑的謠言，妳很清楚。」

「我只是隨便說說……」我喃喃地說，用求助的眼神瞥向爸爸，但他只是抬起眉毛，好像在說：這是妳自找的。

最近，我跟媽媽的每一次對話都會演變成吵架或訓話，好像她不相信我有能力自己成為一個好人。

媽繼續說，聲音越來越高亢尖銳：「我只是認為，有人會謠傳這可憐的女孩『手刀劈了』某個人，實在非常有趣。」不知為何，媽媽一直沒有學會怎麼正確做出引號手勢，老是用一根手指比。我們家以前常會拿這件事開玩笑，但現在不會了。

「對，媽，我知道，我懂，只是……」可是，我要怎麼向她解釋那些傳言？我們並不是想使壞，只是好奇罷了。

「瑪洛麗，那是帶有種族歧視的刻板印象，我希望妳採取反對的立場。」

「可是媽，她真的會空手道啊，我跟蕾根有上網查她。」

媽媽哼了一聲，我立刻發現自己說錯話了。我媽有一半的韓國血統，她畢生的夢想就是成為一位亞裔美國人研究的教授兼社運人士。但，後來有人聘請爸爸到佛羅里達南方學院擔任哲學教授，於是她就到這所大學的招生組工作，因為他們沒有亞裔美國人研究的科系。

「好吧，不管怎樣……」媽媽說，彷彿已經證實自己的論點。她拿起蘋果派，站直身子。「我們去見見新鄰居吧。瑪洛麗，請妳和善地歡迎她們。」

我很想說「我會啊」，但是卻說不出口。她都已經對我下了定論，我這麼說又何必？她不知道從什麼時候開始，就認定我不會和善地歡迎她們了，不是嗎？

我吞了一口口水，跟她一起出門走到對面。媽媽怎麼想我不重要，我還是會得到很棒的故事，可以到學校跟大家講。

而且我還會成為第一個認識陳珍妮的七年級生！

4

陳媽媽超級無敵久才來應門。我跟媽媽站在門口，一邊被酷熱的天氣和沉悶的蟬鳴弄得快要窒息，一邊聽著門後傳來鍋碗瓢盆的哐啷聲以及慌亂的一句「來了！馬上來！」

陳媽媽總算把門打開，靠著門框喘氣，有一些頭髮從髮髻上鬆脫。她剛剛不是在忙著整理搬家的東西，就是在殺害新的受害者，真相誰也說不準。

媽媽露出大大的微笑，說：「哈囉！歡迎來到這個社區！」

我有點訝異，不確定我媽是不是在我沒注意時被掉了包。十分鐘前，這個人還在批評我的妝呢。

陳媽媽把亂糟糟的黑髮撥走，說：「噢，嗨。」

她比大部分的媽媽還要年輕，全身上下都顯示她與眾不同。她非常……不像無名小卒，穿著紅黃圖樣的洋裝、塗著亮橘色的口紅（臉上沾到了一點）、有著長長的假睫毛，還露出慌亂的笑容，讓她看起來有些迷惘。

媽媽說：「妳一定是陳貝卡吧！我是莉亞．摩斯。」她把蘋果派遞向前，又說：「這是我女兒瑪洛麗，她跟珍妮同年！」

在尷尬的幾秒鐘之間，陳媽媽看著這份甜點眨眨眼，好像以為這個派是媽媽十二歲的女兒似的。接著，她看向我，說：「噢，是啊。」

媽媽露出微笑，把頭歪向一邊。我知道這種溫暖呵護的表情，碰到她想開導撫慰的人時，她就會這樣。

她已經很久不曾這樣看我了。

媽媽說：「諾威爾——嗯，其實所有的地方都是，剛來的時候會讓人有點膽怯，所以我想說，可以讓珍妮見見同年齡的小朋友。讓她在這裡有個友善的臉孔。」

我露出笑容，盡量讓我的臉看起來很友善。我開始後悔畫眼線了。友善的臉孔會利用下眼皮的眼線對外表達自己的情感嗎？

陳媽媽看起來鬆了口氣。「是啊，沒錯。很有道理。瑪洛麗念的是吉朋嗎？我才剛替珍妮註冊。」

我點點頭。這附近有兩間學校，分別是諾威爾公立學校和吉朋中學。我們的學校比較小間，所以我並沒有抱太大希望。但，這真是太令人興奮了，有新學生來！

陳媽媽微微笑了一下，朝屋內喊：「小愛蟲❶！有人想認識妳！」

我把臉皺起來，一來是因為聽到了這個故作可愛的用詞覺得尷尬，二來更是因為在佛州，愛蟲並不是可愛的暱稱。愛蟲是五月和九月會從天而降的一種蟲，總是在空中成群飛舞，黏住擋風玻璃。

我對媽媽投以疑問的眼神。*該跟她們說嗎？*

媽媽做出怪臉，好像是說：*我們的州為什麼會這樣？然後，*她非常輕微地搖搖頭。*最好不要說。*

珍妮蹦蹦蹦走下樓，來到門口，頭髮快從歪一邊的馬尾中鬆脫。她看起來就像她母親比較年輕圓潤的樣子，而且她沒畫任何眼線。

陳媽媽說：「呃……」她用求助的眼神看著媽媽。

媽媽彎下腰，雙手放在膝蓋上，好像在跟幼稚園小朋友說話一樣。「嗨，珍妮，我是莉亞．摩斯，這位是瑪洛麗。瑪洛麗要歡迎妳來到諾威爾，跟妳說關於吉朋中

---

❶ 愛蟲（lovebug, *Plecia nearctica*）是三月蠅的一種，分布於中美洲部分地區和美國東南部，尤其是墨西哥灣沿岸地區。也被稱為蜜月蠅或雙頭蟲。在交配期間和交配之後，成熟的個體會成對在一起長達數天，甚至在飛行中也是如此。

學妳需要知道的一切。」

珍妮露出燦爛的笑容。「很高興認識妳！」

接著，她上下打量我，我感覺到被人觀看的那種令人暈眩、不愉快的感受。這是我沒預料到的。我只有預期為我的朋友獲取新鄰居的情報，沒有預期會是她來評斷我。

我想知道她在想什麼，她在我身上看見什麼樣的人。我的胃抽動了一下。

我說：「我從幼稚園就開始念吉朋了。」彷彿這件事很重要似的。

珍妮歪著頭觀察我，我感覺自己摒住呼吸。

接著，她笑著說：「來看看我的新房間吧！」這不是問題，而是命令。

我好想要傳訊息給蕾根，告訴她發生了什麼事，問她該怎麼做。我把手伸進口袋找手機，感覺它溫暖平滑的表面貼著我的掌心。可是，我不敢拿出來，因為媽媽一定會大發雷霆。

媽媽說：「瑪洛麗很樂意。」然後她把一隻手放在我的背上，帶我走進去。她指向蘋果派，對陳媽媽說：「或許我們可以一起看要把派放到哪裡？」

媽媽好像在移動小公仔一樣，告訴我們每個人該去什麼地方。最後，她和陳媽媽走進廚房，珍妮則帶我走到屋裡的另一邊。

我們的社區有一個很怪的地方，那就是所有的房子幾乎都長得一樣，正面是上漆的磚牆、窗戶很大，房子小，但草地大，種滿橡樹和盆花。珍妮的家從裡面看就像我家的翻版，所以感覺我已經來過一百萬次，只是所有的東西都是反的，宛如我家的平行宇宙。

不過，我的房間在樓下，珍妮的房間則是樓上被我爸用來當辦公室的那間。我們爬樓梯要上去她的房間時，珍妮轉過頭給我一個很懂的笑容，彷彿我們同屬一個祕密社團。「妳是哪一種亞洲人呀？」

「噢。」我感覺自己臉紅了，雖然我也不知道為什麼。「我媽有一半的韓國血統。」

珍妮皺起眉頭，好像我說了什麼奇怪的話。但是她只有說：「我是中國人，這裡沒有很多中國人，對吧？」

「應該是。」我們又陷入沉默，我匆忙尋找更多話題。「呃，妳從哪裡搬來的？」

其實我在網路上就有查到，答案是芝加哥。

「芝加哥。」珍妮說，一次爬兩格階梯。「嗯，一開始是哥倫布，後來是芝加哥，現在是這裡。」

「噢，好酷。」我和蕾根發現珍妮來自芝加哥時，蕾根很不爽。蕾根搬來這裡之前住在費城，是個超酷的地方，但是芝加哥更是酷斃了。我問：「妳們為什麼要搬來這裡？」

珍妮打開房門，手一攤，變出了一張空蕩蕩的床墊、一張書桌和幾個箱子。「就是這裡，可以看出我還在整理。」

我不知道她有沒有聽見我的問題，或者我是不是應該再問一遍。有時，我會不小心說話太小聲，讓人聽不見。蕾根總是指出這點，溫和地提醒我說話要大聲一點，這樣別人才會認真對待我。

我又說：「呃，很酷。妳們為什麼——」

珍妮打斷我的話。「我帶妳參觀參觀。」她走過迷宮般的房間，指著那些紙箱。「衣物，很無聊。鞋子，沒什麼好看。書、大衣——啊，這個！」她在一個寫著「調查報告」的箱子前面停下來，招手要我過去。

我走向她，小心避開她已經拿出來的衣物堆。

「這個箱子是……」她停下來，又再次上上下下打量我。「妳有沒有發生過什麼奇怪的經歷？妳無法解釋的經歷？」

我的手掌變得溼黏。謠言的特點就是沒有人會相信它們。也就是說，沒有人會完全相信謠言，除非當事人說了或做了什麼不尋常的事情。或令人毛骨悚然的事。或完全就很詭異的事。這時候你會想：誰知道？說不定是真的。

所以，在那個房間裡，珍妮開始做出詭異的舉動時，我心想：她真的有可能手刀劈了我，我不確定。

她接著說：「我不是問妳有沒有經歷任何『瘋狂』的事，我不期待一個普通人會做什麼瘋狂的事情。」

「好哦。」我後退了一步，因為，呃，難道她不是普通人嗎？說不定她真的是一個訓練有素的殺手！

她舉起手急著說：「等等，不是啦！」她緊閉雙眼，深吸一口氣，然後再次睜開眼。「唉，貝卡叫我不要提起這件事，因為不是每個人都懂。」

叫自己的媽媽本名是訓練有素的殺手會做的事情嗎？有可能。

珍妮接著說：「有時候，人們會經歷一些大事，例如天空中的光芒——閃了三次的紅光——或廣播上的奇怪訊息之類的。但是，很多時候，他們經歷的徵兆很小，像是突然感覺到一股冷空氣、對某件事有似曾相識感，或是做夢醒來後，身體還沒醒，所以妳有幾秒鐘動彈不得。」

她揮舞著手臂，越比越快，同時也越說越快。「或者有時候妳就是有某種感覺，好像妳想做或說什麼，但是身體不讓妳做或說。或者，妳覺得好迷惘，不屬於某個地方，例如身邊的人都知道要小考，但妳卻不知道，所以妳沒有讀書。妳連翻開那本書都沒翻開。」

「噢。」

「妳有沒有想過那些感覺意味著什麼？」

我爸媽老是講到「知識好奇心」（主要是希望我能夠多一點這種東西）；珍妮就真的擁有非常旺盛的知識好奇心。

說實話，我從來沒想過她說的那些事情。沒錯，我是有過那些感覺，但事情本來就是那樣，質疑也沒有用。

她說：「妳大概覺得我是個蠢蛋吧。」她低下頭，用腳趾戳紙箱。

我看得出她希望我喜歡她，她超級希望我能喜歡她，全身都散發那種渴望。一個人不應該那麼辛苦。一個人不應該那麼渴望。

就在那一刻，我知道那些傳言都是假的。因為，這個女孩永遠不可能在殺手的世界中生存。她連在吉朋中學都難以生存。

我說：「我不認為妳是個……蠢蛋。」

她「呼！」了一聲，吐出一大口氣，完全不掩飾自己如釋重負的感覺。我驚訝地發現，我也希望她喜歡我。

我問：「不過，呃，那些事情意味著什麼啊？」

她看著我，眼神充滿希望，笑容漸漸變大，就像她克制不住似的，或是她不想克制。她輕聲說：「外星人。」

我眨眨眼，等著她說「開玩笑的啦」。但，她就只是站在那裡。沉默的時間每多一秒，我瞪著她不發一語的時間每多一秒，她臉上的希望就消失了一點。

我逼自己說：「噢。」現在我可以百分之百正式確定：吉朋中學的學生會將她生吞活剝！

在那段希望漸漸消失的可怕沉默期間，我知道我的朋友不會喜歡她。這就表示，跟珍妮當朋友會很……麻煩。當朋友對我們兩個都很不利，而有時候，那些困難並不值得。雖然這個想法比我想要承認的還悲傷，可是有時候，不去嘗試會比較好。

我說：「其實，我差不多該——」她抿起嘴巴，好像在努力吞下自己的失望。我的心揪了一下。我知道自己應該離她越遠越好，但是我無法把話說出口。

我的腦袋說：我該走了。

但我的嘴巴卻說：「外星人？什麼意思呀？」

她的臉露出如釋重負的表情。「真的嗎？妳真的想知道？天啊，太棒了，因為關於外星生命的證據其實超多的哦！」

從蕾根身上，我知道自信是會傳染的。但是從珍妮身上，我明白如釋重負的感覺也是。我心口有個小小的結鬆開了，那個感覺讓我輕飄飄的。那讓我……產生知識好奇心之類的東西。我指著「調查報告」的箱子問：「在裡面嗎？證據？」

「對啊，裡面裝滿了我所知道的一切。」她跪坐在地上，把膠帶撕開，接著打開紙箱，露出玻璃箱裡閃閃發亮的石頭、泛黃的新聞剪報和厚厚一疊五顏六色的筆記本。「還有我爸知道的一切。在他死之前，我們常看太空紀錄片和科幻電影，也常去觀星。」

「噢。」我跟她沒有熟到可以安慰她，但我又無法不安慰她。我由衷地說：「很遺憾妳爸爸走了。」

她快速地眨眨眼，笑容有些動搖。但是，她甩甩頭，跳起來。「我最新的筆記本放在樓下的背包，妳在這裡等一下，我去拿！」

她跑出房間，砰砰砰跑下樓。我站在擺滿箱子的房間裡，不知道該做什麼。

我傳訊息給蕾根：**我剛認識了新來的女生?!**

蕾根用閃電的速度回覆：**什麼？？陳珍妮嗎？她有沒有像忍者一樣冒出來嚇妳？？**

我開始打字，試著不去想媽媽會回覆什麼：**妳絕對不會相信！她竟然相信有——**

我盯著那些文字，盯著旁邊的送出鍵。珍妮在樓下對她媽媽說了些什麼，語氣輕盈軟綿，但我聽不清楚她說的話。

我慢慢地刪掉打好的訊息。

蕾根是我在這個世界上最要好的朋友。她比任何人都還要懂我，比我爸媽、泰絲、任何我曾有過的朋友都懂。儘管如此，或許蕾根不知道珍妮相信有外星人才是最好的。

蕾根看我沒有回答，便傳了：人咧？

然後又傳：**她是什麼樣的人？跟凱思和英格莉一樣怪，還是更怪？**

我咬著嘴唇。英格莉・史東和凱思・艾布蘭在學校不受到歡迎，但蕾根每次提到她們，我還是覺得怪怪的。我以前會跟英格莉玩在一起，並不是經常，但是有時候會。然後，去年英格莉開始討厭我。我不知道為什麼，可是有時候我偷偷在想，她是不是忌妒我變成了風雲人物。

蕾根又傳了一則訊息：**給我精彩的細節，拜託，好不好嘛？？**

珍妮回來了，我把手機放回口袋。蕾根一定會很不高興被吊胃口，可是我不曉得該怎麼回她。我不想對她撒謊，但我也不想完全老實。

珍妮舉起一個綠色的筆記本，說：「這是我最新的本子。」她在封面上使用又大又粗的字體寫了：**《陳珍妮的宇宙指南，第七冊》**，整個超出了標題欄的範圍。「我一直在蒐集證據、理論和建議，假資訊當然很多，這就是為什麼必須教育自己，這樣才知道該相信什麼。」

我盯著那個筆記本，然後對上她的眼睛。「所以妳是說——妳真的相信……外星人的存在？」我不想要無禮，但是這樣問是合理的吧。

她露出微笑，好像早就預期我會懷疑。「當然囉！這一開始聽起來可能很瘋狂，但是我們絕對不可能是宇宙間唯一有感知能力的生命體。仔細想想，一切的起點就從大爆炸那一聲**碰**開始！」

我嚇得跳了起來，她笑出聲，然後繼續說：「然後呢？宇宙最後只創造出我們？一群摧毀這顆小星球的人類？不可能嘛！一定不只如此。」她把筆記本拿給我。「看了妳就會明白。」

「妳要……把這個給我？」我用手指撫摸那些膨起、歷盡風霜的書頁，完全無法想像自己能夠將什麼主題寫滿七個筆記本，她對我的信任令我惶恐又感動。

「我要把它分享給妳，等妳讀完了，我可以教妳如何『搜獵』。」

我遲疑了一下。她說話的方式聽起來有點不祥。

「噢，別擔心，那一點也不嚇人。我所說的是溝通。外星人在外太空的某處很久了，一直做好準備在等待，我們只需要聯絡得上他們就好。這就好比查出正確的電話號碼撥打一樣。」

我說：「這樣比喻很有道理。」這是真的，但也不是完全如此。

珍妮瞥了一圈，彷彿外星人可能就躲在其中一個紙箱裡。她靠過來。「我可以信任妳嗎？」

我想也沒想就點點頭。

「好吧，我覺得我知道正確的電話號碼是什麼。我覺得我知道該怎麼跟他們聯繫。」

我也靠過去輕聲問：「真的有可能嗎？」

「有可能呀！而且這個時機正好。我的意思是，妳看我們的星球，沒事就有可怕的颶風、肆虐的野火、傳染病等等。佛州有一半的面積很快就會被水淹沒。可是，假如外太空有人可以幫助我們，解決我們的問題或帶我們去安全的地方、全新的地方……」

「那就能改變一切。」我替她把話說完，跟她一起興奮起來。她是個很有傳染力的人。

「一點也沒錯。我會變成第一個聯繫他們的人！大部分的人都想遠離真相，但是我卻選擇迎向真相。我將創造歷史。我將改變世界！」

「我看得出來。」我忍不住笑了。我知道我應該認為她是個蠢蛋。可是，她說話是那麼有自信，使我也信了她。或許我不相信外星人的事情，但我相信她會創造歷史。我從來沒聽過有人對自己那麼篤定，連蕾根也沒有。

珍妮的笑容變得更大了。「妳看，妳是那種不害怕去相信的人。我就知道我可以信任妳。」

第11條 尋找搜獵外星人的盟友

媽媽叫我不要跟任何人說有關外星人調查的事情，也就是她所說的「外星人胡言亂語」。

可是，媽媽很害怕去相信。媽媽只擔心我的衣服有沒有皺，頭髮有沒有梳，腦袋是不是在想一些亂七八糟的東西。她很害怕別人的想法。

但是，我說那叫「一般人的胡言亂語」。

另一方面，爸爸就不怕別人，也不怕外星人。

幾年前，他告訴我一個科學理論，叫做利他理論。基本上，就是有一群很聰明很聰明的科學家相信，假如外星文明進步到能夠在太空中四處旅行，這就表示他們已經度過所有不好的事情。他們經歷了核子戰爭和氣候變遷，沒有把自己和他們的星球給毀了。

假如他們可以存在這麼久，唯一的方式就是學會當個好人。

所以，我們不應該害怕他們。我也認為我們不應該害怕彼此，因為人類雖然還沒完全弄懂，至少他們有在學習。

至少，我一直都這麼想。

可是今天，爸爸說了一件事，我不太明白。當時，他正準備接受一次療法，我們一起坐在醫院，他說：「我走了以後，妳需要新的盟友。」

我告訴他我不需要，除了他以外我誰也不需要，但是他卻握著我的手。

他說：「勇敢的定義是，走到別人面前說：『這是我所相信的，我信任你。』給予信任是非常令人害怕的，但是也非常強大。」

我覺得這沒有道理，因為有很多東西比信任可怕多了。我想問他這個問題，可是媽媽說我們該走了，因此現在這個問題一整晚都在我腦中揮之不去。

我忍不住想：信任怎麼可能會傷害你？

現在 5

媽媽跟一群家長去找珍妮時，爸爸開車送我回家。他想跟我聊聊，但是我說我很累了，所以一回家就消失在房間裡。

我馬上傳訊息到群組：**妳們覺得她跑去哪裡了？**

泰絲通常都會第一個馬上回答，她總是在用手機，而且打字速度快得不像人類，因為她喜歡第一個發言。但是今天，我打的問題跟我大眼瞪小眼，孤零零地出現在螢幕上。一分鐘過去了，兩分鐘過去了。

我換到我跟蕾根的私人對話，打出：**妳還好嗎？**——但這感覺不太對。我重打一次，改問：**妳在想什麼？**我還沒多加思索就送出訊息，結果立刻就後悔了。

螢幕上出現三個點，顯示蕾根正在打字。接著，她又把文字刪掉，我瞪著手機，好像可以瞪出一個回應。可是，我的手抖個不停，一點嚇人的樣子也沒有。

我坐在床邊，強迫自己深呼吸。

平常，我不會有這種跟朋友格格不入的感覺，但是今晚，一切都變了。我違背自己的判斷力，又傳了一則訊息給蕾根：**嗯……好瘋狂啊。**

蕾根馬上就回：**瘋狂？**

我發現我錯了，那是珍妮用的詞。

我修正自己：**我是說怪異。**

這次沒有點點點出現。

我瞪著沉默的手機，當她整整六分鐘都沒回答時，我說：**妳感覺怎麼樣？**

就算蕾根沒有這樣對我愛理不理，這也是個令人尷尬的問題，可是這個問題一直在我腦中盤旋。

假如今天晚上按照原本的方式進展，我和蕾根將會一起縮在我的被子底下，交換祕密和傳聞，感覺就和每次與蕾根共度深夜時一樣。彷彿我們活在一個看不見的泡泡裡，不必擔心我媽、蕾根的爸爸或者學校那些不是真正懂我們的同學。在那顆泡泡裡，一切都很好，因為就只有我們兩人而已。

可是現在，我得到的只有沉默。等待——等待回覆、等待最新的消息、等待某個東西——的緊繃感大到我的內臟像被人打了一個結，用力拉扯。為了分散注意力，我上網搜尋女孩離家出走的故事，但是那卻讓我感覺更糟。

滑手機的時間過得很快，有人敲房門時，我緊繃到叫了一聲。

房門打開了，爸爸站在那裡，眉頭緊鎖。「瑪兒，妳應該吃點東西。」他走到床邊，手裡拿著一盤豬肉和德式泡菜。

媽媽的派是不好的徵兆，爸爸的泡菜則代表壞消息。他說，德式泡菜讓他想起他的父母，所以他只有在最糟的日子才會製作，因為我們需要更多慰藉。

我接走盤子，吃了一口，溫暖傳遍全身。「你有跟媽媽通話嗎？」

他遲疑了一下，點點頭。「他們還沒找到珍妮。」

這我早就知道了，但是聽他證實之後，我感覺胃口都沒了。我把泡菜推開。「他們去哪裡找她？說不定他們找錯地方了。」

爸爸思索了一下。「陳貝卡有跟他們一起去，警察也在調查，大家都分享了自己知道的資訊，每個人都盡全力了。」

我望向窗外，看著漆黑的外面，一種從未有過的感覺浮現在我心中。「她就這樣獨自一人在外面嗎？」

爸爸跟隨我的目光，我們靜靜坐著，彷彿在等什麼事發生，彷彿珍妮會突然出現，大喊：嚇到妳了吧！

爸爸用他謹慎的口吻說：「真可怕。」

我跟媽媽以前比較親近時，我跟爸爸不常說話。他總是待在一旁，在媽媽說話時偶爾插入一點評語。但，我跟媽媽漸行漸遠之後，爸爸補滿了空缺。現在，我已經習慣他說話時停頓很久。

最後，他終於繼續說：「就我所知，珍妮之前也有離家出走過，幾天後就回家了。」

「可是，她為什麼要離家出走？」

爸搖搖頭。「那不是我能回答的問題。」

「你是說，那是上帝才能回答的問題？」

爸爸的嘴角微微上揚。爸爸相信神的存在，媽媽則不相信。雖然他們向來讓我決定自己的信仰，但我不懂他們怎麼都能這麼確定自己相信什麼。我只相信一件事，那就是*我不知道*。

爸爸說：「我不是那個意思。」

我等他解釋，但是他沒有。有時候，爸爸會做這種惱人的事，不說出答案，而是等別人自行做出結論。

可是，*我就是不知道啊*。我不知道我該問什麼，才能得到對的答案。「那你是說，那是珍妮才能回答的問題？」

他親吻我的頭頂，雖然我覺得那代表肯定，我的心中還是有個想法驅散不了。他那樣說，讓我有一瞬間覺得他的意思是，那是我才能回答的問題。可是，那沒有道理，因為我不知道她為什麼離家出走。我完全想不出來。

然而我心裡有一個小小的聲音：但是，或許，只是或許而已，我可能猜得到。

因為，有兩個可能的理由。

一個是外星人。

一個是我。

過去 6

珍妮搬來的那個星期，我們幾乎每天都有見面。大部分的時候，都是她整理紙箱整理煩了就過來找我，我所說的「過來」，指的是她直接走進我家，邊跟媽說話邊等我離開房間。

雖然我建議媽媽鎖門或請珍妮回家，但是因為媽媽不理我，所以我也別無選擇。然而，最大的問題不是珍妮不懂得尊重別人的界限。最大的問題是，她老是說一些深奧難懂的東西，像是暗能量和利他主義的外星人。雖然我當然不相信有外星人，可是她說的事情卻讓我既害怕又興奮。我不知道該怎麼解釋，我只知道我想聽下去。

像這樣沒事先說就跑來我家一個星期之後，她宣布：「我想妳應該來我家過夜了，我要給妳看看外星人。」

我能說什麼？

我有一個我不怎麼喜歡的點，那就是我不太習慣去別人家過夜。

我跟蕾根雖然老是一起過夜，但是每次都是她來我家，因為雖然她家很好，但是她爸總是很晚回來，有時候甚至沒回來，蕾根比較想要離開家裡。

我當然不介意。我知道我已經很大了，去別人家過夜不該這麼緊張，可是我就是覺得……在自己的空間比較舒適，我知道所有的東西放在哪裡，需要什麼也可以跟爸媽說。

我不打算跟珍妮說這些，因為這很丟臉，而且我家*就在對面而已*！於是，在暑假的最後一個星期五晚上十點，我出現在她家後院的一頂帳篷裡。

她在帳篷裡放了很多罐裝檸檬水、起司玉米脆和巧克力棒。她還在邊邊排了一串閃爍的小燈泡，因為她說：*可以被星星圍繞，為什麼不要？*

雖然我有過夜焦慮症，但這些讓我感覺自在許多。此外，佛州的悶熱今晚也放了我們一馬，似乎就連天氣也順著陳珍妮的意。

我們躺在睡袋裡，她轉向我，盯著透明塑膠帆布外面的夜空。她的頭髮有一半從馬尾鬆脫，身上穿著一件亮橘色的T恤，上面寫：**外星人就在我們之中！**

她問：「真是瘋狂，對吧？星星可以這麼亮？」

老實說，珍妮家的燈還亮著，所以星星看起來沒那麼亮，但是這樣說好像很不好，所以我點了點頭。

「那是流星嗎？」

我什麼也沒看到，但還是說：「呃，是啊，可能吧。」

珍妮說：「說不定是流星雨要來了耶。」她的聲音變得興奮起來。「我從來沒看過流星雨，但我聽說你們這裡有時候會有。我一直認為那是聯繫外星人最好的時機，因為天空會打開來。」

「對……我們有時候會有流星雨。」想到流星雨就讓我想到蕾根，想到我們有一次躺在床上時，外面的天空不斷發光。那是我第一次看見她恐懼的表情。那時，蕾根說：「妳是我唯一信任的人，妳就是懂我。」

從來不曾有人這樣對我，這讓我如釋重負。我回答：「我也是。」

然後，她露出笑容。「我們兩個一起對抗全世界，沒有其他人。」

現在，在沒那麼亮的星空照耀下，珍妮轉頭對我說：「我好開心認識了妳，我本來很擔心搬來這裡不會交到朋友。」

我想要微笑，但是卻比較像在苦笑。「妳肯定會在學校交到其他朋友的。」

珍妮露出燦爛的笑容。「我很幸運找到了相信外星人的朋友。」

我吞了一口口水，發覺我或許……不是她以為的那種人。我會一直跟珍妮玩在一起，是因為她很有趣、很不一樣，但我跟她並不像。

我說：「妳也可以認識別的朋友呀。他們不一定要知道妳相信外星人的事。妳不必告訴別人這點，也不必穿那件衣服。那可以當作我們之間的祕密就好。」

她停了一下，說：「可是如果其他人也想幫我們找外星人呢？」

「但是……有些人可能會覺得這些外星人的事情很怪。」

「但是這不怪啊。」

「我知道，可是妳難道不在意別人的想法？」

她的臉沉了下來，但馬上就恢復過來。「有些人會在意，但我不會。那跟我是什麼樣的人一點關係也沒有。」

「沒有嗎？」我得讓她明白這件事有多重要，人們的想法跟她是什麼樣的人非常有關係。因為，如果不知道我們在這個世界上的位置，我們要怎麼知道自己是誰呢？

她沒有回答，而是把腳踢向空中，腳趾貼著塑膠帆布。「我姨婆去世之後，留了這棟房子給我們，我媽本來就難以負擔芝加哥的生活水準，所以我們就搬來這裡。

我只有很多年前來拜訪過姨婆一次，但是我一開始就有一種感覺，好像這整座小鎮跟我完全不一樣。」

我的心臟大力跳著。我該不該告訴她我們確實跟她不一樣？我很擔心她無法融入——如果她這麼……做自己的話。告訴她這件事會不會很殘忍？還是這樣其實是最仁慈的做法，可以幫助她，替她做好準備？

她繼續說：「所以，我原本有點擔心。但是，那其實真的不重要，因為我也知道這裡很特別，是我注定要待的地方。」

我遲疑了一下，問：「為什麼？」

「因為這裡有外星人。在我好幾年前來的那一次，我們開車經過附近，就在過了那個軍事基地沒多久，廣播突然有雜訊干擾。就在那時，我看見證據。」

我眨眨眼。我和珍妮彷彿活在兩個不同的世界，我只想把她拖回我的世界。最後，我複述道：「證據……」

她靠向我，用一種誇張的語氣輕聲說：「麥田圈！」

我皺起眉頭，我從來沒聽說無名鎮出現過麥田圈。這是一座什麼也不是的城鎮，位於奧蘭多和坦帕中間，四周有主題樂園、海灘以及網路上喜歡瘋傳的各種佛州怪事。但是，那些沒有一個跟我們的小鎮有關。這裡什麼東西都沒有。「妳確定——？」

此時，珍妮家的燈熄了，她坐起來，在月光下露出笑容。「現在我們可以好好看了。」

她閉上眼睛，雙手舉到空中，手心朝上。接著，她開始急促地吐氣。呼——呼——呼——。

我瞪著她。「妳在幹嘛？」

她笑著說：「我在敞開自我，接受各種可能。」

這個人到底是誰，她怎麼會來到無名鎮？我無法想像自己做那種事，就算沒人看見的時候也一樣。

我感覺自己被為她羞恥的感覺所圍繞，隨之又感到擔憂、想要保護她。接著，一種更尖銳的感受出現了，好比一盒棉球裡的一片碎玻璃。

那近乎於不悅。因為，她才應該感到羞恥和擔憂啊！她才應該保護自己！她能夠這樣無視那些重要的事情，讓人感覺很不公平。

不知什麼原因，上天決定要我一天到晚擔心事情的樣貌和別人的觀感，而珍妮卻……一點也不擔心。

我幾乎覺得她是故意要我難堪。

她「呼——呼——」完了以後，爬出帳篷，我跟著她來到草地上，午後下了場雨，還有點溼溼的。

「妳說的可能是什麼？」我覺得自己好像總是慢她十拍，奮力想要追上。

珍妮抬頭望向天空。「目擊的可能。妳希望看到的是一顆很亮的光球，通常是紅光或白光，它會閃爍三次，用無法解釋的方式移動。有時候，妳會看到實際的飛行體，可能是橢圓形或 Tic Tac 薄荷糖的形狀。但是，最重要的就是……一種感覺。妳感覺到就知道了。妳會很確定，確定到快升天了。」

最後那句話在我心裡沉澱。那實在是太「珍妮」了。蕾根對於各種用詞用語總是有一番大道理。她說，大部分的人只會跟隨潮流，但是最厲害的人則會創造潮流。蕾根總是會用文字創造潮流。她曾經說：鑽進別人的思維裡是一件超酷的事情。

我問珍妮：「但是，要怎麼真的知道就是那個東西？」

對於我的不確定感，她笑了笑，彷彿我很天真似的。就是那樣，那就是我所說的「故意要我難堪」。她問：「妳有讀了我給妳的筆記本嗎？」

「啊……」我有讀了前幾條，然後就……沒辦法了。讀那些東西感覺好像在侵犯她的領域。她的文字非常私密，每一個字都能感受到她的渴望。讀那些東西幾乎令人心痛。

我問：「妳不認為這一切或許都有一個與外星人無關的解釋嗎？」

「整個宇宙有超過一千億個星系，而每一個星系都有一千億顆星星。」

我望著天空，試著理解宇宙究竟有多大。我的頭腦發麻。

她繼續說：「所以，外太空一定有別的文明存在，而且是很多不同的文明。在這無垠的宇宙中，要相信有一個物種想要聯繫我們，想要告訴我們，我們並不孤單，真的有那麼難嗎？」

我盯著星星，感覺它們似乎變得更亮了一點。我坦言：「或許沒那麼難。」

「不只有我這麼想。」

我轉頭看她，第一次發現她看起來真的很挫敗。「瑪洛麗，這是真的，我們知道這是真的，有那麼多人親眼看過不明空中現象。政府也承認不明空中現象是存在的！但是，人們卻不願認真看待。」

「難道這些都無法解釋嗎？我們不能確定那是——」

「有一個科學家團隊專門在聆聽天空的聲音，試圖聽見外星人的訊息。科學家把發射器指向外太空，以記錄任何不尋常的東西。而且妳知道嗎？他們真的有找到。」

我遲疑地問：「他們在……外太空找到東西？」

她點點頭。「七零年代時，科學家設置了一個稱作大耳朵的電波望遠鏡。有好幾個月，大耳朵都沒有聽到任何東西。可是，某天晚上，它接收到一個來自星星的訊號。這個訊號持續了七十二秒，比他們曾經聽過的任何東西都要大聲、清楚三十倍。」

「所以那是什麼？」

「這就是重點了。那天晚上值班的科學家實在太驚訝了，因此把記錄到的東西印出來，在旁邊寫上『哇！』。直到今天，他和他的團隊仍認為外星人是最有可能的解釋。」

我轉回去看天空，心裡怕怕的。「所以，他們做了什麼？」

「沒做什麼。」

「什麼？」我轉回去看她。「可是，如果他們認為那是外星人，他們不是應該……深入調查嗎？」

她嘆了口氣。「他們沒有錢。這種計畫拿不到很多經費，因為國家都把錢花在軍事之類的東西上。人類寧可花錢製造炸彈和死亡，也不願意尋找生命。」

我張開嘴，又把嘴合起來。「但是……我們必須知道那是什麼。」

她的嘴角再次上揚，她沒辦法忍住笑容太久。「看吧？這就是我的意思，這就是為什麼我們必須去做這件事。」

我覺得這不太對。這不該是我們必須去做的，我們只是小孩。可是，在我說出口之前，珍妮把手張開，對著星星大叫：「哈囉，外星人！我們在這裡！我們相信你們的存在哦！」她的聲音超大，在空蕩蕩的社區裡發出回音。

我用手摀住嘴，彷彿我才是那個對著夜空大喊的人。我輕聲說：「妳在幹嘛啦？」我們原本是用正常音量在交談，但是在她大叫之後，我覺得我得讓自己的聲音變得幾乎聽不見，才能平衡她的聲音。

「有時候，妳必須宣布自己在哪裡，妳懂嗎？」

我不懂。

「妳必須告訴全宇宙。」她看我一副不可置信的樣子，露出笑容，努力不笑出聲。「很好玩的，妳試試看。」

我看向她媽媽房間漆黑的窗戶，還有四周安靜的社區。一切都跟原本一樣，睏倦的房子在修剪整齊的草皮上打著瞌睡，相同的信箱像看門狗一樣，守護著每個人的家，褪色的美國國旗在無風的夜裡低垂。

雖然周遭沒有人，我卻突然害怕學校的某個學生會發現。我有時候會有這種感覺，好像大家都在看我。好像我無時無刻都有一群看不見的觀眾，我得要隨時留意。

珍妮推推我。「妳不用那麼害怕的。」

蕾根教過我好幾招，很多讓我不再擔心的求生法則，很多確保他人對我觀感良好的方法，這樣我就不用煩惱人家怎麼看我。

可是，珍妮卻讓我覺得本來就沒什麼好擔心的。我不需要學什麼訣竅，只要做自己就好了。就好像宇宙間重要的一切都在我面前，等著我看見。

她輕聲說：「說點什麼啊。」

我深吸一口氣，張開雙臂。那些話堆積在我胸口：我在這裡。我相信。

我真的認為我會把它們說出來。

但我沒辦法。我把手放下，說：「不用了，謝謝，那不像真正的我。」

珍妮把頭歪向一邊。「但妳可以成為那樣的人。」

我沒回答，她的眉頭皺在一起，我轉過頭去望向夜空，不想得到她的同情。

我看著星星，感覺自己摒住呼吸，奮力想要看到不一樣的東西，在我心中尋找某種感覺。

跟她一起站在那裡，我幾乎可以拋下我對世界運作的一切認知。這就是當她的朋友令我如此害怕的原因。

珍妮使我想要相信。

現在 7

我睡不著。

媽媽回家後，爸爸告訴她我在睡覺，所以她就讓我繼續睡。時間一分一秒流逝，我追著睡眠，卻抓不到它。

每當我閉上眼，就會想到**那件事**。每當房子發出聲音或外頭出現風聲，我都聽到：陳珍妮不見了。

我滑手機滑好幾個小時，試著忽視像拳頭般重擊我五臟六腑的擔憂感。我忙著使自己分心，所以差點沒注意到。

我差點沒看到外面的那道光，但是後來有一道紅光掃進我的房間，照亮白色的牆面、書桌和床，發出詭異的光芒。我好像突然身處一間鬼屋。

我趕快把棉被抓來蓋在頭上，卻又對自己的反應感到丟臉。那只是光而已。可能是搜索隊照射的光。這樣解釋很合理。

但，我無法擺脫緊抓著我不放的恐懼感。那道光滲進棉被的棉花，然後閃了一下、兩下、三下。

接著就消失了。

我深呼吸，坐起來，拉開棉被。我本來很清醒，現在更是躁動不安。我已經開始在想要怎麼把這個故事跟朋友說。我不知道他們會不會在乎，或是認為我根本沒看到什麼。

但我真的有看到什麼。

我幾乎是不情願地爬下床，用流汗溼滑的手推開窗戶。

外面的世界空蕩蕩、靜悄悄的，我開始懷疑那閃爍的光線會不會全是我的幻覺。

我輕聲問：「有人嗎？」

什麼也沒有。

我伸長脖子望向天空，覺得自己好蠢，也覺得有些不悅，甚至生氣。因為，如果真的有什麼呢？如果不可能的事發生了，珍妮是對的呢？

如果外星生命出現在我窗前，結果我卻躲在棉被底下？

我還沒來得及阻止自己，就把雙腿跨過窗框跳了出去，赤腳落在房間下方鬆脆的褐色雜草上。

我跳的高度並不高，因為我的房間在一樓，房子只高於地面幾級階梯。儘管如此，我從來沒從窗戶爬出去過，更別說是偷偷摸摸地爬出去了。

我朝外頭走了幾步，進到後院。那裡什麼都沒有，我不知道我是鬆了一口氣，還是失望。

當我轉身要回屋裡時——

突然間，空氣似乎變得濃稠，黏黏地貼著我的皮膚。一滴汗珠滑下我的背，令我發癢。悶熱的空氣沉重到使我難以呼吸。

我應該已經習慣這種熱。夏天時，最熱的時候就是這麼糟。可是，現在已經十月了，而且這感覺不太一樣。感覺很……瘋狂。

腎上腺素快速通過我的血管，要我直接跳越窗戶，鑽回被子底下。但是，我奮力抵抗，強迫自己抬頭看。

在墨水般漆黑的夜空中，一個跟直升機一樣大、比 Tic Tac 薄荷糖更長更細的橢圓形紅色光球突然現身，遮住了纖細的弦月。它飄浮在橡樹上方，遠到無法觸摸，卻又近到叫人害怕。我四下環顧，卻沒看到任何人。

然後，那顆薄荷糖突然一個下墜轉彎，直直掠過社區而來。我看著它飄過一個又一個鋪瓦的屋頂，比我看過的任何東西移動得還快，忽上忽下，彷彿地心引力對它沒有作用。

它停下來，飄浮在我正上方。光線照亮我的身體，我一動也不動地盯著我的雙手。我的手看起來像是沾滿鮮血。

恐懼宛如薑汁汽水般，在我的肚子裡冒泡，差點讓我以為那是興奮的感覺。

「珍妮？」我脫口說出她的名字，盯著上方，心想這到底是什麼東西，來自哪裡，有什麼東西或什麼人在裡面。

我把手舉起來擋著光線，薄荷糖的一側也翹起來，學我的動作。我慢慢把那隻手放下，又舉起另一隻，薄荷糖翹向另一邊，還是在學我。

我的呼吸變得急促，心臟也怦怦地跳。我輕聲問：「妳要做什麼？」

那道光閃了又閃，一下、兩下、三下。接著，這個不明空中現象就不見了，留我一人站在那裡，汗水淋漓，突然感覺好冷。

我雙手環抱自己，好停止發抖，一邊讓眼睛適應黑暗，一邊大口呼吸。

一定可以解釋的，一定有個與外星人無關的解釋。因為，就算外星人確實存在，他們也不會來無名鎮。更不會來找我。那是不可能的。

然而，當我抬頭瞪著現在空無一物的夜空，我內心有個小小的聲音說：這個世界跟妳原本以為的不一樣。

我的體內有某個無止盡、在燃燒的東西不斷擴張。就像宇宙的大爆炸。

我對沉靜的夜悄聲說：「這件事真的有發生，我知道珍妮為什麼離家出走了。」

可是，我能跟誰說？絕對不會有人相信我看見了外星人。

第1條 判斷是不是有外星人在聯繫你

1. 動物會先發現。假如小鳥或小狗突然不叫了，要當心！外星人來了。
2. 不明友善物體會自然而然地影響到地球的大氣，所以請留意你周遭的空氣！你有發現溫度變高或變低嗎？你有聞到下雨的味道嗎？你的鼻子有沒有癢癢的，好像快要打噴嚏或甚至哭出來？
3. 假如你在無線電設備附近，你會聽到干擾噪音、三次嗶嗶聲或甚至一段祕密訊息！你有可能會因此頭痛。
4. 你會看見天空出現閃爍的光芒，一下、兩下、三下。這是他們的訊號，表示他們準備好了。

重要：很多人都很害怕外星人，但是沒有必要！就像我跟爸爸在觀星時，他對我說的。我們當然要謹慎，可是想一想：外星人早在你出生前就已經開始計畫聯繫了，而且他們只有一次成功的機會。這就表示，他們選了你。如果他們選了你，那麼一定有個好理由。你一定很特別。

你也可以想一想：假如外星人選了你，假如他們信任你，這是很大的責任。所以，問問自己一個非常重要的問題：你要怎樣才不會辜負他們的信任？

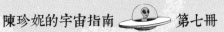

現在 8

整間學校都在嘰嘰喳喳。

第一次打鐘前的十五分鐘，每個人都在談論珍妮，談論她為什麼離家出走，又跑去了哪裡。

她現在儼然是個大名人，但是我對謠言沒有興趣。

我匆匆走過學校前方的野餐桌，因為學生都聚在那裡竊竊私語、分享自己的理論。我衝進校舍大樓，看見我的朋友正靠著置物櫃。

蕾根一看到我便露出笑容，如釋重負地說：「瑪兒，妳來了真是太好了！」我也露出聽見珍妮的消息後的第一個微笑。經歷這一切後，總算感覺自己開始放鬆。

蕾根說：「泰絲快把我煩死了。」

泰絲回答：「真沒禮貌。」雖然她似乎沒有很在意。

「開玩笑的！」蕾根對泰絲燦笑了一下，然後又皺起眉頭。「但我昨天晚上真的很擔心珍妮，幾乎沒有睡，現在泰絲又一直講她的事。」

聽到這番話，我鬆了一口氣，簡直要哭了。幸好不是只有我在擔心。我說：「我也是。話說半夜的時候，我——」

泰絲打斷我。「妳們有聽說最新的消息嗎？艾瑞卡昨天放學後，在銀行旁邊有看到珍妮，所以我們認為她可能是搶了銀行，所以才逃跑的？」

蕾根發出全世界最長的嘆息：「瑪兒，妳知道我多可憐了吧？泰絲，那太荒唐了！妳也知道那很荒唐。」

泰絲睜大眼睛。「我怎麼知道什麼是真、什麼是假？我只是認為她有可能做那種事。」

蕾根鄙視地看著她。「拜託，她要怎麼搶銀行？她才十二歲耶！」

「我只是說說而已嘛。我媽打從一開始就不太放心珍妮。她說，她們家的管教方式有問題，而且我們不信任不上教堂的人。」

我和蕾根互看了一眼，泰絲舉起雙手。「妳們兩個當然不算！」

蕾根翻了翻白眼。「泰絲，她就是離家出走而已，別把這件事變得複雜。」

我咬著嘴唇。「但是，妳們覺得有沒有可能……」

泰絲把頭歪向一邊，期待我說下去。蕾根瞇起眼睛。

我遲疑了一下。「或許這跟外星人有關？」

她們直直瞪著我。

雖然我心裡整個人都在尖叫：別再說了！我還是小聲地說：「妳們覺得……是不是外星人找到她了？」

蕾根轉向因震驚而張大了嘴的泰絲，說：「我們先失陪。」

她抓住我的手腕，帶我穿越學生人潮，走出校舍大樓，前往禮拜堂。我們啪搭啪搭走下通往地下室的樓梯，跌跌撞撞地進到女生廁所。從來沒有人會上這間廁所，所以事情大條時我們就會到這裡來。這裡沒有人會偷聽我們說話。

這間廁所藏了很多人的祕密。

在門被關上，蕾根也檢查過每個隔間裡面沒人後，我趕忙說：「我昨晚看到一個東西，我知道聽起來很蠢——很怪，但我覺得那可以讓我們找到珍妮。我覺得我們可以——」

蕾根打斷我的話，眉頭深鎖。「瑪兒，我很擔心。」

「我也是！泰絲不明白，但我覺得我們有辦法幫助珍妮。」

「不是。」蕾根把手伸向我。「我擔心的是妳。瑪兒，我愛妳，但妳必須振作一點。」

我想也沒想就後退一步，撞到身後的牆壁。有一瞬間，我想起珍妮靠著廁所洗手臺瞪著我們的樣子。我滑到磁磚地板上，不去理會有沒有細菌。

蕾根在我身旁坐下。「瑪兒，我當然也很擔心珍妮。她一個人在外面，而且似乎有點……不穩定。可是，妳擔心的方式跟別人不同，一直以來都是這樣。」她的眼神變得柔和。「還記得我們變成朋友之前，妳的狀況有多糟嗎？妳什麼事都想太多。」

我點點頭，想起我們認識幾個星期後蕾根來過夜的情景。那就好像終於有人看見真正的我，願意承擔我龐大的焦慮感，並把其餘的全部丟掉。她說：*妳不必再擔心了。我會挺妳。*

做為回報，我也挺她。

蕾根挪近我一些。「合理地想一想，這不是珍妮第一次離家出走，也不會是最後一次。這跟妳一點關係也沒有。」

我好好地聽她說，或許她是對的。或許，她在發生**那件事**之後就離家出走，只是純屬巧合。

我閉上眼睛，把珍妮推到腦海的一小角。我強迫自己不去想我們做了什麼，就像把一個塞滿髒衣服的衣櫃給關起來似的。我的心開闊起來，不再擔心珍妮的時候，我又能夠呼吸了。

可是，那扇門不肯乖乖關著。我嘆了口氣，睜開眼。「可是，她離家出走的前幾天，我們才剛——」

蕾根替我把話說完：「跟她談過？瑪兒，我們只是跟她談談而已。要是她這麼脆弱，這樣就覺得困擾，那她還有比我們更大的問題。」

我盯著地上的一條裂縫，眼睛跟著它崎嶇的路徑一直來到牆壁。蕾根說的或許是對的，但我還是問：「我們不該試著找到她嗎？」

蕾根嘆了口氣。「瑪兒，妳如果到處談論她，別人會怎麼想？妳會變得很可疑。我知道妳總是什麼事都一想再想，但是我跟妳說，妳不必那樣。妳是我所認識最好的人了。」

「可是——」

「妳不會希望對這件事小題大作。」

「對。」我的聲音聽起來像機器人。

蕾根站起來，伸出一隻手，我握住了。但是，雖然我試著讓蕾根相信我不會再去想這件事，我卻還是忍不住想到昨晚看見的東西。

我還是忍不住想到珍妮。

我的內心深處知道，我必須告訴某個人發生了什麼事。

如果我的朋友不聽我說，我得找到願意聽的人。雖然百般個不願意，但是我知道我只能找英格莉．史東和凱思．艾布蘭。

問題是，去找英格莉就是背叛蕾根。那意味著，我會倒退一步，回到曾經的那個我，回到我再也不想成為的那個人。

過去 9

認識蕾根時，我這輩子正要昏倒第二次。

第一次是在五年級的時候，我跟爸媽開車去佛州園遊會。園遊會有棉花糖、霓虹燈和卡通版的佛州（看起來很像一把槍，讓人有點不安），而最重要的就是摩天輪。坐摩天輪讓我感到很興奮，可是到最高點的時候就不一樣了。媽媽指著我們腳下的園遊會說：「看看那些燈光！」我望向車廂外，底下是我去過最大的園遊會。

然而，在這麼高的地方，它看起來一點也不大，反而有點小。我出現一種很怪異的感覺，到現在仍無法解釋。好像我是某種巨大的怪物，整個世界在我腳下縮小了。好像我只要踏錯一步，就會把一切踩扁。

我的呼吸加快，手心冒汗，但是老實說我很習慣這些情況，因為我常常感到驚嚇。但這一次比較嚴重。這一次，我看著這個世界，發現它跟我以為的是如此不同。

我無法呼吸。

再次醒來時，我躺在車廂的地板上，我們已經繞了一圈，回到摩天輪的底部。整個摩天輪都停了下來，有個陌生人從上方端詳著我說：「她沒事的，只是昏倒而已，我猜她大概很害怕。」

我想說，我不只是害怕而已，那比害怕還要巨大。我就好像發現了什麼恐怖的事，發現了一個關於宇宙和我自己的可怕祕密。

可是，我從摩天輪下來，回到堅實的地面後，卻想不太起來我發現了什麼，也不想去想它。我只有發誓我再也不會去那麼高的地方。

那原本不成問題，直到我升上六年級的第一天，體育課老師要我們爬到繩子的頂端。

我前面還排了八個人，每次隊伍前進一點，我就感覺一陣噁心。我的腋下刺刺的，我的心跳得很快。我知道如果我爬上那條繩子，我可能會在頂端昏倒，那我就會掉下來摔死。所以，風險真的很高，跟繩子一樣。

我想找個人說說，但是我懼怕的事物實在太丟臉了，我不敢承認，而且我跟體育課的同學也不熟。其實，我跟任何人都沒有很熟。我只有英格莉這個朋友，可是她天不怕地不怕，讓我無法對她坦白這種事。泰絲跟每個人都算是朋友，但她似乎不喜歡我。

我排到第四位時，有人點了點我的肩膀。我轉頭一看，是新來的那個女生：蕾根。我一直在擔心繩子的事，根本沒注意到她排在我後面。要不是我很恐慌，我肯定會很興奮，因為目前為止有關她的傳言都酷斃了。她來自費城這一點本身就很酷了。除此之外，泰絲還告訴我，她媽被閃電擊中，這雖然很恐怖，但是也非常特別。

蕾根問我：「妳還好嗎？」

我點點頭，因為比害怕更糟的事情，就是承認你很害怕。

「真的嗎？妳看起來好像隨時會暴斃。」

我很大聲地吸了口氣。

蕾根抬起眉毛。「要不要我跟老師說？」

我搖搖頭。「不用，不用。我只是……很緊張。」我承認了，不是因為我想承認，而是因為我想不到還可以說什麼。

她瞇起眼睛。「妳怕高？」

我說謊：「這沒什麼啦。」隊伍又前進了一點。

「爬繩子沒什麼，但是妳很害怕這件事很有什麼。如果妳會怕，就不應該做這件事。」

我沒想過我其實是有選擇的。

她的嘴角微微上揚。「跟我來，我有個點子。」

我說：「等等。」我很擔心她會告訴全班我有多害怕。但是，她離開隊伍，走向體育老師，我只好跟上去。

蕾根裝出苦笑的表情，小小聲地說：「克拉布老師，不好意思，我們生理期來了。」

我的臉頰開始發燙，因為生理期在體育課的時候來，比怕高還丟臉一百倍，我擔心克拉布老師會跟全班講這件事。此外……這是謊言，我不太會說謊。

老師噘起嘴，好像這一招聽過一百萬遍了。「妳們兩個都是？」

蕾根認真地點點頭。「常常在一起的女生會這樣。」

「妳是蕾根．蘇利文對吧？妳不是新來的？」克拉布老師壓扁嘴唇，我以為她生氣了，然後才發現她是在忍笑。

蕾根嘆了口氣。「是啊。老實說，才剛來就發生這種事實在很不好過。我們可不可以去保健室休息？我的肚子真的很痛。」

克拉布老師轉向我。我露出微笑，然後又皺起眉頭。我不太確定生理期剛來的女生應該要有什麼表情。

她盯著我們盯了很久，我的心狂跳不已。如果她發現我們說謊，會怎麼處罰我們？無論如何，我現在跟蕾根要共患難，而且我真的不想爬那條繩子。

終於，克拉布老師點點頭：「妳們可以直接去保健室，體育課剩下的時間就在那裡休息。假如妳們真的生理期來，請護士小姐萊拉給妳們止痛藥和衛生棉。」

護士小姐萊拉顯然不相信我們。她很會察覺學生說自己哪裡痛、哪裡生病是不是在騙她的。但，因為我們已經有得到克拉布老師的准許，所以她就只有指了指病床。

我們在保健室後方的病床躺下，蕾根一邊笑一邊輕聲說：「真不敢相信竟然成功了！我在電視上看過有人這樣做，但沒想到在現實生活會奏效。」

我驚奇地說：「我以為妳肯定做過好多次了，妳看起來好有自信。」

她說：「妳也是呀。」那大概不是真的，但是她這樣說讓我幾乎就要相信。

我臉紅地坦承：「我連生理期都還沒來過。」這種事不應該告訴別人，而且還是剛認識的人。但，蕾根給我的感覺就像肉桂蘋果派，讓我感覺安心。

「我也是。」她挪近我一點。「別告訴任何人。」

「當然不會。」

她露出笑容，友情突然感覺好容易建立。這就是人們在尋找的：一個選擇你、理解你、把你所有的煩惱都變小的人。

她說：「妳看我們，真像做壞事的同夥。」

在那之後，我和蕾根每天都玩在一起，她開始常常來我家過夜。然而，直到三個月後，我們才確立了彼此永久的友誼。

有一天晚上，我們很晚了還躺在床上聊她暗戀哪一個男生（她還沒決定是凱爾還是彼特）。突然間，她安靜下來。

我問：「怎麼了？」

她瞪著窗外，彷彿看到外星人似的。「妳有看到嗎？遠遠的地方？」

我瞇起眼睛，看見一條一條的光芒射過黑夜。「流星！」

「哦。」

我花了一點時間才發覺對蕾根來說，流星一點也不好。討厭流星感覺很怪，但是大概不會比討厭摩天輪怪到哪裡去。

我問：「怎麼了？」

她轉向我，背對窗戶。「妳能保守祕密嗎？」

我點點頭，我已經替她保守祕密好幾個月了，沒有人知道她暗戀誰。

「我媽不是被閃電打到。」

「噢。」她說出來之後，我感覺有點愧疚，因為我相信了那個謠言。「是啊，我猜想那只是某個人傳出的謠言。」

「是我傳出去的。」

「噢。」

「我第一堂課跟泰絲・萬斯說了這件事，到了下午，大家都知道了。我們應該多跟她在一起，她是那種很適合為友、不適合為敵的人。」

我笑了出來，然後遲疑了一下。「可是……妳為什麼要傳出這個謠言？」

她聳聳肩。「我要給大家一些話題，這總比讓別人捏造故事要好。」

「也是。」她這樣說感覺很合理。

最後，她說：「我媽拋棄了我們。」

我一時有些哽咽。我最近雖然常跟媽吵架，但我無法想像她離開我們。「我很遺憾。」

「她是在流星雨期間走的，掃興極了。我跑去她房間要告訴她，我好興奮，雖然事後想想，那有點可笑，因為流星只是外太空的垃圾。總之，她不見了。」

我輕聲說：「好糟。」

蕾根挪了一下被子。「我當時還很小，所以其實沒什麼關係。」但是我看得出來，她覺得很有關係。我和她之間重要的不只是她會告訴我，而是我看得出來。我讀得懂她的心思，而她也願意讓我讀她。那感覺就像一份禮物，使我感覺自己很特別。

她說：「沒有人會永遠留在你身邊，不能相信任何人。」

「妳可以相信我。」

我不知道要怎麼向她證明我有多認真，但是我想她是明白的。我不是因為她很受歡迎，才想當她的朋友。也不是因為她那些逃離體育課的伎倆、她的自信或她的智慧。而是因為，其他人——我的父母、英格莉和學校的其他小朋友——看我的時候，都只看到一個容易受到驚嚇的小女孩，坐摩天輪會昏倒，被老師點到名會臉紅。但是，蕾根看我的時候，她看到不一樣的我。看到勇敢、風趣、值得信賴的我。

星星從天空中落下時，我對她承諾：「我會待在妳身邊。」

現在 10

我知道我必須要向誰求助，只是我不想要。

放學後，我在204教室門口深呼吸——這裡是科學社的社團教室。我已經請爸媽今天晚一點來載我，因為我有計畫要完成——我這樣說也不算錯。

現在我只需要打開門，然後說：嗨，英格莉。嗨，凱思。昨晚發生了一件怪事。

如果有誰可以幫我找到珍妮，就只有這兩個人了。英格莉有著雷射般的聰明才智，特別是在科學方面。她一次只專注在一件事情上，會不斷進行研究實驗，直到她對這件事情瞭若指掌為止。

凱思則擅長許多不同的事物，既是首席小提琴手，又是音控社的社長。她還能夠在接下一份作業後，用一大堆不同的角度加以檢視，最後想出一個別人連想都沒想過的方法。老師總是稱讚她能夠「跳脫框架」，這讓我有點不舒服，因為她是黑人，又是猶太人，而這間學校大部分都是白人基督徒，所以有時我會想，老師是不是其實是在說她跟別人不同。

我看了看手機上顯示的時間。我已經站在這扇門前整整四分鐘了。如果有人注意到，肯定覺得我超怪。幸好，204 教室位於二樓一條被遺忘的走廊上。

我正打算走進去時——我真的這麼打算！——門卻開了，凱思站在我面前，看起來跟我一樣吃驚。

「呃。」她的黑色爆炸頭從綠色軍裝外套的兜帽中露出來，她把帽子拉高一些，說：「嗨？」

「嗨。」我硬擠出笑容，兩頰的肌肉不斷抽搐。

她盯著我，我們不自在地沉默了一會兒，然後我才意識到我應該繼續講話。「我只是想跟英格莉聊聊？」我說，雖然聽起來好像在請求她的准許。

我從來沒在課堂外跟凱思說過話，而且屬於完全不同的朋友圈，本就會帶來一種尷尬感。

「好，可是，她現在在忙科學社的事，妳不是科學社的社員，所以，嗯……拜啦。」她說完後，當著我的面把門關上。

我震驚地站在原地。她真是……怪異？而且，「科學社」的成員就只有英格莉和凱思，大家都知道她們只是想得到社團學分，同時又能待在一塊，讓英格莉玩實驗室的器材。

我咬著嘴唇。

如果蕾根在這裡，她才不會聽凱思的。蕾根不管想要什麼，一定會想辦法得到，不會讓任何人阻擋她。

所以，我正打算衝進去時——我真的這麼打算！——門又開了，凱思皺起眉頭。她解釋說：「我不是要讓妳進來，我只是要去廁所。我剛剛開門就是為了這個，但是妳害我分心，所以我忘了。總之，妳還是不能進去。」

她繞過我身旁，一邊走向走廊另一頭，一邊回頭看我有沒有進入教室。

我等到她轉彎，考慮要放棄，然後才發覺自己這樣太可笑了。凱思又不能把我鎖在教室外。

我走進去，看見英格莉背對著我，正在彎腰看顯微鏡。羅潔絲老師坐在教室後面，但是她超級老又幾乎聽不見，所以我不擔心她。我覺得她根本不知道我走進來，因為她仍繼續低頭看她的書。

我清了清喉嚨。「嘿……妳好。」

英格莉沒有轉過來，我發現她戴著耳塞。我都忘了，英格莉必須在完全安靜的環境中才有辦法思考。

我走過去，希望她能感覺到我的存在，但她還是沒轉過來。我不曉得該怎麼辦，只好輕拍她的肩膀。

她尖叫一聲，猛地轉過來，我往後踉蹌，屁股撞到桌子。

我們同時本能地轉頭看羅潔絲老師，但她只是舔了舔手指，翻過一頁，好像什麼事都沒發生。

我把雙手舉高，彷彿是說：我沒有惡意。「對不起！不要嚇到，我只是想要——」

英格莉拿掉耳塞。「妳差點害我心臟病發！我現在有點膽戰心驚，畢竟自從……」她突然住口，沒有說出珍妮失蹤的事，接著又說：「妳來這裡做什麼？我是說……妳怎麼會來這裡？」

我清了清喉嚨。「昨天晚上發生了某件事。」

她瞇起眼睛，往後靠，一隻手放在身後的桌子。「好哦。」

她臉上散發出興致勃勃的樣子，令我感到好熟悉，有那麼一瞬間，她又變回以前的英格莉。就好像，去年的事從來沒發生過，她還是很喜歡我。

「是有關珍妮的事。」我講話的速度超快，每個字都黏在一起。「我知道妳跟她是朋友，所以我想妳或許——」

英格莉打斷我的話，困惑地說：「我跟珍妮並不是朋友。」

我停下來。「可是，她都跟妳和凱思坐在一起吃午餐，我還以為妳們……」如果珍妮沒有跟凱思和英格莉玩在一起，那她都跟誰在一起？她有朋友嗎？

英格莉搖搖頭。「她第一週有跟我們吃午餐，但是我猜她沒興趣跟我們當朋友，因為她後來就沒來找我們了。不過我蠻喜歡她的。」

我本來很肯定珍妮有跟凱思和英格莉玩在一起。我明明就確保珍妮會有朋友的啊。

沉默了一下子之後，我說：「無論如何，如果有誰可以找出答案，就只有妳了。」

英格莉的眉頭變得更皺了。「妳怎麼會這麼認為？」

「因為我看過妳尋找答案的樣子。」

我們更小的時候，英格莉因為對這個世界充滿好奇，所以老是進行一些過頭的科學實驗，害自己惹上麻煩。有一次，她甚至在霍爾公園小規模地放火，想要測試如何應付森林火災。她為了科學目的，在原野上燒出我們的名字縮寫，但是火被熄滅後，剩下的殘骸看起來歪七扭八的，只有瞇著眼才看得出那是英文字母。

我補充道：「我懂妳。」雖然我們現在不是朋友了，但是曾經相處的時間也不少，不可能沒有任何意義。

英格莉的肩膀垂下來。「妳不懂我。」

我還沒回答，教室的門就被大聲地推開了。我和英格莉都嚇了一跳。

「我就知道。」凱思說，接著大步走過來，一屁股坐進一張椅子裡。「我就知道妳不會聽。」

她們兩個人顯然都不希望我在這裡。這大概是個嚴重的錯誤，但我非得試試不可。珍妮不見了啊！假如我無法迂迴地進入正題，或許我應該開門見山，激發她們的知識好奇心。我劈頭就說：「假如是珍妮找到外星人了呢？」

有那麼一陣子，教室裡唯一的聲音只有羅潔絲老師渾然不覺翻書的聲音。

接著，英格莉說：「外星人？」

凱思則說：「珍妮？」

她們看我的眼神讓我有點緊張，我不知道她們在想什麼。

我深吸了一口氣，逼自己開始說明：「珍妮曾經告訴我，看見不明空中現象會發生什麼情況。我本來不太懂，但是昨天晚上，我看到一個紅色橢圓形的太空船之類的東西，一切都安靜得很詭異……總之，我知道這很難以置信，但我在想外星人說不定真的存在。」我四下張望，一再確認沒有任何同學躲在哪裡偷聽。「因為假如外星人真的存在，珍妮或許就不是離家出走，而是被綁架了。」

凱思瞇起眼睛。「妳是在開什麼惡劣的玩笑嗎？」

「沒有！我很認真！」凱思竟然認為我會拿這件事開玩笑，令我很不開心。

英格莉把頭歪向一邊。「妳確定那不是光線造成的效果？某種電反饋或使用探照燈的直升機？妳也知道，整座小鎮都在找她。」

她這樣帶著英格莉實事求是的標準口吻一說，感覺一切都很顯而易見。當然不可能是外星人啊！

儘管如此，我還是甩不掉昨晚非常確定的那種感覺。我從來沒看過那樣的東西。我很難解釋那種感覺，就好像發生了一件完全不屬於這個宇宙的事。

我若想解釋，聽起來就會跟……珍妮一樣。

我說：「我覺得不是直升機。況且，要是大人找錯地方了呢？要是我們可以找到她？」

「所以，妳想要到……外太空去找？」凱思問，但她不是在調侃我。她臉上的不悅已經消失，她只是很坦白地問了一個合理的問題。

我沒有一個合理的答案，所以我回答：「呃，應該是？」

英格莉嘆了一口氣，我做好心理準備，等她把我趕出教室。

然後，她勉強地說：「給我一點時間。」她戴上耳塞，走到教室的電腦前，開始快速打字。她在思考，搜尋。

凱思靠過去。她有著熊熊燃燒的情感，跟蕾根其實很像。「妳是認真的？妳真的相信外星人在這裡？」

我坦言：「我不知道，但是珍妮認為這是有可能的。以前都沒有人相信她，沒有人認真看待她。」

「包括妳。」

我的雙頰變得很燙。有時候，不知道該做何反應時，我會想想我的朋友會怎麼做。泰絲會馬上回擊，蕾根則會開玩笑，好像她根本不在乎。

可是，這兩個反應好像不對。

於是我說：「或許我錯了。」

凱思露出一絲驚訝的神情，但她正要說什麼時，英格莉拿掉了耳塞。

她說：「好，妳們看看這個。」我和凱思走過去，看見電腦螢幕有一張太陽系的圖片。「外太空生命感覺應該要很常見，可是要支持我們所知的生命，需要非常嚴苛的條件，那非常罕見。」

我說：「但是宇宙有一千億個星系。」

英格莉撫摸脖子上掛著的小小銀色十字架，這是她試圖弄清楚一件事情時，一定會做的動作。「沒錯，但是想支持生命，有一大堆事物必須恰到好處。比方說——」她突然住口，喃喃地說：「算了，妳們大概不會想知道細節。」

她突然不好意思起來，讓我有些意外。然而，凱思會意地點點頭，說：「不，我們想知道。說吧。」

英格莉遲疑了一下，接著清清喉嚨，繼續說：「好吧，好。為了支持生命，我們需要一顆衛星，因為衛星會影響海洋。但，不是任何一顆衛星都可以，很多行星都有衛星，我們需要的就是月亮這顆衛星，因為它的大小剛好，跟地球之間的距離也剛好。我們的衛星很可能來自數十億年前撞擊地球的某顆行星，但是它必須以非常剛好的角度撞擊，最後才會來到這個位置。看到沒？」

她點選月亮的影像，開始一段地球和另一顆行星互相撞擊的模擬影片。在第一個撞擊模擬，兩顆行星都完全爆炸，而在下一個撞擊模擬，月亮行星只有一小片剝落，其餘的繼續飛向外太空。不同的模擬逐一播放，每一個都有完全不一樣的結果。沒有一個模擬創造出我們所知的月亮。

我向前靠，彷彿只要靠得夠近，螢幕就會告訴我我想聽的東西。「可是，其他行星肯定有跟我們的月亮一樣的衛星吧！」

她又開始興奮起來：「但是衛星這個條件對了還不夠，太陽的大小和距離也要剛剛好，才能使我們具備擁有液態水的最佳條件。甚至也要有木星：在剛好的距離擁有這樣一顆氣態巨行星，就像擁有一個保鑣，它會吸走大部分可能撞到地球的小行星。」

「噢。」我感覺內心的希望漸漸熄滅。或許這太荒唐了。相信外星人的存在太荒唐了。

英格莉看見我的表情，眼神柔和了點。「我不是說外星人不可能存在，只是可能性很低。科學家在尋找外星生命時，預期只會找到像細菌般極其微小的有機體，不是駕駛太空船綁架十二歲小孩的外星人。」

我皺起臉。「好的，好的。」

凱思搭話：「但，一定有一些科學家相信飛碟外星人吧？」

我轉頭看凱思，有些困惑，因為聽起來她好像站在我這邊。但凱思硬是不回應我的眼神。

英格莉吸了一口氣。「是沒錯。很多事都有可能。我們知道確實有不明飛行物體。國防部證實，有一些飛行物體飛行的方式是政府無法解釋的。它們加速的速度比我們目前擁有的任何科技都還要快，它們會迅速改變方向，而且好像還會憑空消失。」

我說：「一點也沒錯！那就是外星人。」

英格莉舉起一隻手。慢一點，瑪兒。「但，所謂的不明就只是……不明。不明飛行物體有可能是其他國家的科技產物，抑或是我們自己國家的科技，只是政府說謊不承認。它們甚至可能來自平行宇宙，或者是時空旅行的產物。」

凱思說：「這讓外星人的存在聽起來蠻合理的。」

英格莉繼續說：「我的重點是，外星生命只是不明飛行物體的其中一個可能解釋，但是我們應該把焦點放在事實，不是傳說。我們擁有的證據全都顯示地球這裡出現了某些不明物體，卻沒有證據顯示外太空那裡存在任何東西。」

「那不見得是對的。」或許我越來越像一個陰謀論者，但我就是克制不了。我努力回想細節，告訴她們有關大耳朵和「哇！」訊號的事情。

最後，我說：「沒有人可以解釋那七十二秒的嗶嗶聲，也沒有人進行後續的追蹤。所以，我認為還有很多是我們所不知道的。大部分的人都不想相信這些東西，可是珍妮一直都在努力尋找對的……呃，電話號碼之類的。」

英格莉和凱思交換了眼神，但那不是在說：她瘋了。

而是在說：有可能嗎？

「竟然出現這麼強的訊號嗎？而且不是來自地球？」英格莉的手指又開始摸項

鍊。「如果那是真的……妳也真的看見了不明飛行物體……聽起來確實是可以深入調查。」

她感興趣了。她要加入了。我正準備歡呼時，英格莉又退縮了，臉上露出尷尬的表情。「但我不行。」

我不由自主地伸出手，彷彿我能抓住她的好奇心，將它拉回來。然後，我把手放下來。「為什麼？」

她避開我的眼神，看向自己扭成一團的雙手。「我不覺得這是個好主意。」

凱思看看英格莉，又看看我。她皺起眉頭，語帶絕望地說：「我也希望我們能幫忙。」

我努力不慌張。我不知道怎麼了，明明差一點就能讓她們明白，差一點就能得到她們的幫助。我需要她們的幫助才有辦法找到珍妮。我需要找到珍妮！我哀求道：「拜託。」

英格莉對上我的眼睛，我找不到那個曾跟我算是朋友的女孩，甚至也找不到討厭我的那個女孩。眼前的這個女孩看起來很空虛。「我們沒有立場去找珍妮，我們應該置身事外，交給專家處理。」

我所認識的英格莉並不認同「置身事外」。我所認識的英格莉非常喜歡置身事

「內」。她總是不顧一切，對所有事都很好奇。

我所認識的英格莉也不會因為氣我變得受歡迎就不管這件事。但，或許她改變的程度比我所以為的還大。

我輕聲說：「拜託想想珍妮呀……」

英格莉撇過頭。

我彷彿又來到摩天輪的頂端，搖搖晃晃地看著底下遙遠渺小的地球。我的眼眶發熱。我深吸一口氣，把自己帶回現在。

「好吧。」我沙啞地說。然後，我離開教室，邊走邊試著埋葬恐慌感。我一定要找到珍妮。我一定要弄清楚那些光是什麼。但我不知道該怎麼做，也沒有人可以求助。

珍妮會怎麼做？

當然，這個問題的答案是她會試著自己找到外星人。可是，我沒那麼聰明，也沒那麼勇敢，我沒辦法——

我身後的教室門砰地關上。我轉過來，看見凱思走向我，手插在外套口袋。

她好像很痛苦地說：「好啦，我幫妳。」

「真的嗎？」如釋重負的感覺差點令我承受不住。有那麼可笑的一瞬間，我出現擁抱她的衝動，但我當然沒那麼做，因為氛圍不對。

她嘆了口氣。「我不信任妳，我覺得妳和妳的朋友不是好人。」

「噢。」我實在沒什麼好說的。

「但是……」她深吸一口氣。「我認為妳正努力做對的事情。人們努力做對的事情時，幫助他們大概也是對的事情，對吧？」

不知為何，這感覺是個陷阱題，我不想搞砸。「對吧？」

「妳可別太興奮。我很厲害，但卻不像英格莉那樣是科學專家。我根本不曉得要怎麼找外星人。」

「我也不曉得。」我瞄了一眼關著的教室門。「妳覺得妳有辦法說服英格莉嗎？」

凱思咬著嘴唇思考。「我會試試看，但我不認為我說的話會有用。她下定決心後，是很固執的。到了這個節骨眼，大概需要發生奇蹟她才會答應。」

「好吧。」我吞下失望的感覺，因為就算凱思不信任我，就算她不喜歡我，我還是很感激她願意幫忙。「珍妮有沒有對妳說過任何話，可能會幫助我們找到她？我真的以為妳常跟她在一起。」

凱思咬著她的拇指指甲。「沒有，我只有第一週常跟她在一起。」

我點點頭。我以為我搞懂了一切，但是現在我漸漸害怕地明白，其實還有很多我不知道的事。

過去 11

珍妮第一天上學的情況，一開始比我預期的還要順利。珍妮的新人身分讓她成為半個名人，而關於她的謠言也只是增添了神祕感。就算我的朋友不會喜歡她，似乎還有別人會。如果珍妮交到了新朋友，我們有時便能在自己的社區玩在一起，但是在學校則各過各的。

前幾個小時，我一直很擔心她會說些什麼搞砸這一切，所以我張大耳朵聆聽校園裡流傳的各種謠言。還好，她似乎沒有提到任何有關外星人的事，我感覺蠻好的，就像我做了什麼對的事。我的建議幫助她順利度過七年級。

我在走廊上對她揮手微笑，但是我們沒有共同的課，所以我很安全。

一切真的都進行得很順利——直到午餐時間為止。

我、蕾根和泰絲坐在我們角落的座位，就在餐廳最大的窗戶旁邊。

蕾根假認真地說：「經過這個暑假，我變成一個全新的人！首先，我發現了胸部是什麼，那完全改變了一切。」

她是在說她姊買了一件托高胸罩給她的事情，但那不是她唯一的轉變。蕾根還換了新髮型回來，把瀏海剪到跟上了濃密睫毛膏的睫毛貼齊。她看起來成熟好多。

她在胸前揮了揮，用其他桌聽不見、但卻足以令我和泰絲臉紅的音量宣布：「看哪，胸部來臨了。」

我笑出聲，雖然這下子我要開始擔心自己的胸部是不是太小了。

泰絲摀著臉說：「我受不了妳啦！」但，她其實一邊笑、一邊散發著光芒，就像蕾根周遭的人常會散發出光芒那樣。她把每個人都變得更有光彩。

蕾根轉向我，雙眼閃閃發亮。「還有第二件事……這可不能說出去，不然我麻煩就大了。」

我本能地點點頭，感覺有一顆晶瑩剔透的泡泡在成形——只有我們兩個人，不被外面的世界打擾。她才剛結束暑假行，這是我一整個月以來第一次看到她。跟珍妮在一起讓我覺得好脆弱，彷彿被宇宙中所有的問題質問；跟蕾根在一起，卻讓我覺得安全。

泰絲說：「妳知道我從來不洩密的？」我的瑪兒與蕾根泡泡破滅了。她句尾的問號讓人對她毫無信心，更何況她曾經坦承「自己的問題是太愛八卦」。

蕾根不為所動，接著說：「我住在我姊那裡時，學會開車了。」

泰絲瞪大眼睛：「妳有開車？」

「不只是開車而已，畢竟人人都可以在停車場練習開車，但我可是一天到晚到處開車哦！」

我問：「妳沒被抓到？」我真討厭自己聽起來像個乖乖牌。

蕾根對我露出笑容，我感覺我的心漏了一拍。她說：「出錯才有可能被抓，我可是從來沒出錯。」

泰絲用手指頭繞著髮絲。「妳姊願意給妳開？」

「我姊討厭開車，所以這樣對大家都很好。要是妳們兩個手腕夠高明，說不定我可以載妳們——」

泰絲打斷她的話。「暫停、暫停！看看誰來啦，我們要不要找她過來坐？」

我轉過頭，看到珍妮走向排午餐的隊伍。我咬著嘴唇。

蕾根不悅地皺眉。但就只有那一下下。隨後，她眉頭舒展，聳聳肩地說：「老實說，誰在乎那個新來的？」

泰絲點點頭，將臉上的表情從興奮改為不屑。「妳說得對。我只是覺得她很恐怖？就是……她不是在以前的學校殺了一個學生嗎？」

要是我原本還希望我的朋友會喜歡珍妮，現在是完全不抱任何希望了。

蕾根翻了翻白眼。「為什麼大家都這麼血腥啊？」

我說：「謠言根本不是那樣說的，大家是說她媽殺了人。」我馬上就發現這樣回答不對。

泰絲哼了一聲。「有其母必有其女？說不定她們有舉辦母女殺人日？用來維繫感情？」她突然倒吸一口氣。「蕾根對不起，我不是故意讓妳不開心的？」

我真的很討厭泰絲這樣，我們明明就在聊完全不相干的事情，她偏要停下來戳蕾根的弱點。泰絲好像在測試她的底線似的。

蕾根對上我的眼睛，多停留了一秒，然後對泰絲露出假笑。「泰絲，妳幹嘛要道歉？我媽又沒被殺害，她是被雷打到，所以我不曉得我為什麼要不開心。」

泰絲有點緊張地笑了。她雖然會戳人弱點，但是至少她會在情況變更糟之前收手。她把話題轉移到較安全的地方——珍妮身上，問：「不過，妳們覺得那個新來的怎麼樣？」

蕾根盯著我看。這次，她沒有笑。從她下顎肌肉微微抽動的樣子，我能看見她藏起的傷心。「妳怎麼不問瑪兒？畢竟她暑假有見到珍妮。」

泰絲問：「妳有見到她？怎麼會？妳們有玩在一起嗎？」

她們兩個都看著我，讓我覺得不太舒服。她們是我最好的朋友，她們期待我告訴她們一些好料。她們信任我。但，珍妮也信任我。

突然間，我很挫敗，因為我早就知道會發生這種事。我從來不想卡在中間，但是現在卻落到這個地步，我根本不想要這樣。

我回答：「一點點而已。她沒有殺任何人，她媽也是。」

泰絲繼續逼問：「可是妳怎麼知道？難道妳們有不為人知的親屬關係？」

「什麼？沒有！不是那樣的。」

「但是妳們很像啊？很明顯？」

我不知道泰絲的意思是什麼，這讓我覺得很詭異。珍妮的一切感覺跟我完全相反，但是難道我們其實有相似的地方？我覺得就好像我的牙齒卡了什麼東西，別人都有看到，只有我自己看不見。我用雙手環抱身體。

蕾根翻了翻白眼。「瑪兒和她媽送給珍妮一個蘋果派，然後她們全都建立起情誼。她們現在是好麻吉，瑪兒要拋下以前的可憐朋友了，是不是啊，瑪兒？」

我逼自己笑出聲來。「才不是什麼好麻吉，只是我覺得我們不能相信別人說的一切。」

蕾根緩緩地說：「不……」她的眼睛亮了一下，露出鯊魚眼神。「當然不能。不過，妳的新麻吉一個人站在那裡，妳不想打個招呼嗎？」

她用下巴點了點珍妮的方向，她拿著餐盤站在餐廳另一邊，瞪著前面的一群學生，看起來很迷惘。

我說：「蕾根。」我沒有使用警告的口吻，而是請求。別這樣，別讓這一切變得困難。

蕾根望向我身後，舉起手揮舞。「珍妮！陳珍妮！」

珍妮嚇了一小跳，她眼睛掃過餐廳，最後看到蕾根。然後又看到我。她的臉放鬆了。

我的內臟翻攪了一下。我輕聲說：「蕾根，不要！」

但是我最好的朋友不理我。

珍妮走過來，蕾根對這個新來的女孩露出微笑——超級亮白、從不需要牙套的完美笑容。我心裡有一部分的自己想要抓住蕾根，讓她的注意力回到我身上。

蕾根燦笑地說：「珍妮！妳今天真是全校最可愛的小名人了呢，對不對？」

珍妮遲疑地看著我。過了幾秒鐘，我才意識到她是在等我說些什麼。我一邊說「嗨」，一邊努力不去看眉毛挑得老高、咬著金屬吸管的泰絲。

我不知道蕾根為什麼要叫珍妮過來。或許蕾根真的只是想認識她，但這感覺是場災難，就像互相撞擊的行星。

我清了清喉嚨，問珍妮：「妳有見過英格莉和凱思了嗎？我覺得妳會喜歡她們，她們就坐在那裡。」

我指著餐廳另一頭的她們。

泰絲解釋：「穿藍色衣服的金髮女孩和穿軍裝外套的黑人女孩？」

珍妮跟她們會比跟我的朋友處得還要好。我感到如釋重負，好像我幫了她，一次解決複雜的友情問題。

珍妮一動也不動地站在那裡，手上拿著餐盤，在我跟凱思和英格莉之間看來看去，眼神充滿困惑。但是，她還沒回答，蕾根就哼了一聲。

她對我和泰絲說：「別開玩笑了。」然後，她指著我旁邊的空位，對珍妮說：「坐。」

珍妮猶豫了一下才坐下來。我感覺到她又在看我，但是我把注意力放在午餐上，推開球芽甘藍，挖了一口馬鈴薯泥放進嘴裡，彷彿這是全宇宙最美味的東西。

沉默了幾秒鐘後，珍妮說：「我很高興妳們叫我過來，大家都知道自己屬於哪裡，只有我不知道該去哪裡。」

我真希望她不要承認這一點，那有點太……過頭了。

但是，蕾根點點頭。「我也曾經是新來的，去年。」

珍妮開心起來，完全放下警戒。「真高興不是只有我這樣！」

「我們可以帶妳參觀校園。」蕾根看起來很真誠，我開始感覺到希望，彷彿這一切說不定都會沒事的。彷彿我可以跟每個人當朋友，而不會把任何事複雜化。蕾根把手疊在下巴下方，抬起眉毛，說：「對了，我聽說妳和瑪洛麗暑假期間成了朋友。」

珍妮點點頭。「是啊，我們常常玩在一起。」

蕾根轉頭看我——其他人都看不出她的鯊魚眼神嗎？只有我才看得出？「可是，瑪洛麗完全沒告訴我呢！因為她是個差勁的朋友。」蕾根被自己的玩笑逗笑了。

我感覺我快要吐了。

珍妮不確定地微笑。「是啊，我教她很多關於外——」

我趕快說：「我們沒有那麼常玩在一起啦。」

珍妮皺起眉頭，我看見她又開始警戒。我感到慌張以及挫敗，因為我不希望大家知道外星人的事，可是珍妮卻想讓大家知道，那會變得很怪，而我只希望她能明白。

珍妮緩緩地說：「可是……」

我試著用眼神傳遞訊息給她，就像我跟蕾根常做的那樣。沒關係的，別把這變成大事，別談到外星人。

但，珍妮不是不明白，就是不在乎。「我們確實常常在一起啊。」沉默蔓延開來。我瞪著馬鈴薯泥，努力思考該說些什麼，卻想不出來。真希望蕾根可以說個笑話、拯救我，什麼都好。

泰絲發出嘖嘖聲。「真是尷尬啊。」

我有點想把一顆球芽甘藍丟到泰絲臉上。

珍妮不理她，看著我說：「妳為什麼要這樣呀？」

我的嘴變得很乾。珍妮完全不知道應該或不應該說什麼。誰會才剛轉到新學校，就跟一群剛好很受歡迎的女孩坐在一起，然後開始大聊特聊？

我說：「為什麼要怎樣？」

她那樣看著我，讓我有點愧疚。可是，我什麼也沒做啊。我可沒有跑過來在某個人的朋友面前質問她，搞得情況變得超怪異又超尷尬。

她悄聲說：「裝出一副跟我很不熟的樣子。」

「呃，我的確只認識妳幾個星期……」

泰絲發出一個小小的「噢」。

我不是故意這麼惡劣的，真的真的不是。我只是說出事實，雖然那聽起來有點惡劣。

我想要收回我的話，可是我已經說出口了，那又能怎麼辦？是要我怎麼做？蕾根看著我，好像想找出真相。那一刻，我真希望我不是那麼了解她。我真希望我看不見她空洞的表情下隱藏的傷心，好像她認定了我會離開她，只是在等我證實她猜對了。

我結巴地說：「我是說……又不是……」但是，罪惡感沉澱在我體內，跟馬鈴薯泥攪在一起，使我無法說完一句話。我轉向珍妮，忍著不別過頭，然後輕聲說：「對不起。」

珍妮好像根本沒聽見我說的話。她冷冷地說：「噢，我懂了。」我在暑假認識的那個充滿光明與希望的女孩不見了。

她握著餐盤，站起來。「妳們是惡劣的女生。」餐廳裡很吵，其他學生聽不到我們的對話，但是珍妮起身後，有一些人往這邊看。我們的同學看著她走掉，朝凱思和英格莉的方向走去。他們看到了珍妮臉上的表情，還有我們臉上的表情。

她就像打開了聚光燈，直接照在我們身上。我們毫無防備。我非常不舒服。

蕾根眨眨眼。「惡劣的女生？」

泰絲笑了，好像一點也不在乎。蕾根看著我，瞪大眼睛，十分疑惑。她說：「我明明就在試圖釋出善意耶，我真的有釋出善意啊。」

我說：「我知道。」她真的有。我很確定她有。我仍感覺有些暈眩，努力想要弄清楚剛剛發生了什麼事。

蕾根說：「我的天，她就這樣走過來，跟我們說沒幾句話，然後就毫無根據地評斷我們。」

蕾根或許是對的。或許珍妮應該給她們一點機會。或許這樣一切就會不同。

蕾根搖搖頭，語氣緩慢冰冷地說：「她以為她是誰啊？」

現在 12

隔天早上，我在每週一次的全年級大會上難以專心。我們全都擠進禮拜堂，坐在椅背硬梆梆的長椅上，沃恩校長則在發表每個星期都一樣的演說，內容關於團隊合作與勤奮精神。可是，我們怎麼可能不去想上次在禮拜堂所發生的事？我們怎麼可能不去想珍妮？

泰絲在我旁邊輕聲說了什麼，但是我連那也無法專心留意。蕾根在我們身後的某處，跟彼特一起坐在禮拜堂後方。儘管發生了這些事，我還是有點不高興，因為朋友不該拋下彼此，就算是為了自己暗戀的對象也不行。我不知道是不是因為我昨天問她要不要找珍妮，所以她在躲我，或者她真的就是不在乎。可是，我不懂我的朋友怎麼可以那麼冷漠，怎麼沒有更擔心一點。

我第一次懷疑我的朋友是不是好人，也懷疑自己是不是。假如情況倒過來，我會幫忙嗎？假如我跟珍妮一點也不熟，凱思卻來找我幫忙呢？

大會快要進入尾聲時，沃恩校長清了清喉嚨，把領帶弄直，這向來表示他要脫稿講話。麥克風發出短暫的尖銳聲，我們全都瞇起眼睛。「很多人都有來找我表達疑問與擔憂，我知道你們很害怕。這是個艱難的時刻，但我也因為你們湧現的愛而感動不已。這讓我想起了我時常想到的，那就是吉朋中學和諾威爾的各位是多麼願意互相扶持。」

沃恩校長之前也曾經這樣談論我們的學校和諾威爾，說我們所有人都是一個大家庭，充滿了小鎮精神與愛。他似乎由衷地相信這點，但是當我環顧四周，卻看不出來。我不禁想，這個地方是不是少了什麼，還是少了什麼的是我的內心。

他繼續說：「我可以向你們保證，警方非常地努力，我們這時候應該信任專業，告訴他們你們知道的一切。如果有人有任何資訊，請站出來。」

我的心揪了一下。我想像整個年級都轉過來看我，但其實根本沒有人在看。我應該要相信大人，告訴他們我知道的事，但我什麼也不知道。至於我心裡所想的事，我沒辦法告訴他們。沒有人會聽的，沒有人會相信外星人的存在，而要是有人發現**那件事**……但是不可能，那沒有關聯。

如果珍妮是因為外星人才離家出走，那麼**那件事**就不重要。一切只是巧合。告訴任何人**那件事**只會害我和我的朋友惹上麻煩，只會轉移尋找珍妮的注意力。

對吧？

我耳朵的嗡嗡聲轉變成一個詞：說吧，說吧，說吧。它的尖叫聲蓋過我的心跳聲：不行，不行，不行。

情急之下，我望向禮拜堂的天花板，心想：我該怎麼做？告訴我該怎麼做！

我不知道我在問誰，是上帝、外星人、我自己或別人，但是當然，沒有人回答我。

我覺得自己快要昏倒了。

此時，麥克風又發出尖銳的回音，我們全都從座位上跳了起來。但是這一次，尖銳聲沒有消失，而是變成干擾噪音。

接著，出現一個很大的嗶嗶聲，大到所有人都摀住耳朵。學生瞪大眼睛四處張望。有些人笑了。

我想起一件事，眼睛趕緊看向時鐘，開始算秒數。

沃恩校長手忙腳亂地想關掉講臺的麥克風，但是那個聲音依舊持續。他對禮拜堂後方的音控室打手勢，想要引起音控老師的注意，雖然她早就注意到那刺耳的聲音。

三十五秒。

「快把聲音關掉！」後面有個男孩發出哀號聲，滑下長椅，假裝自己被討厭的噪音給吵死。他的朋友哈哈大笑。

五十五秒。

以前集會時也有出現技術方面的問題，卻從來沒有持續這麼久，也從來沒有這麼大聲過。

校長試圖大聲喊叫蓋過噪音。「很抱歉大會被中斷，不要擔心！」

時鐘上的秒針已經走了一分鐘，慢慢流逝。六十五，七十，七十一，七十二。

然後，聲音終於戛然而止。

聲音雖然停了，我的耳朵卻還在嗡嗡響，背脊冒出雞皮疙瘩。七十二秒鐘，正是「哇！」訊號的長度。

我的視線掃過禮拜堂，跟凱思對上眼。她轉過去跟英格莉說了什麼，英格莉一動也不動。

八十名學生同時講話的聲音打破了沉默，沃恩校長必須大喊才能引起我們的注意。「安靜！請安靜！」

效果很有限。我們是安靜了一點，但是仍在喃喃低語。珍妮離家出走之後，我們內心的緊張一直壓抑著，這件事終於讓我們爆發。泰絲在我旁邊說：「真是詭異。」

沃恩校長放棄恢復秩序，說：「大會解散，請大家冷靜地前往下一堂課。」

大家都站了起來，拖著腳步走出去，交談聲融合成單一的嗡嗡聲。我和泰絲在同學之中尋找蕾根，但是我只瞥見她一眼，她就被彼特遮住了。

快要走出禮拜堂時，我又看到英格莉。她正擠過人群，凱思跟在身後。英格莉走到我們身邊後，問：「那是凱思認為的那個嗎？」她的語氣很謹慎，但卻無疑帶有一絲好奇，我的心中不禁湧起一股希望。

泰絲在我身旁問：「呃，妳在說什麼？」

英格莉不理她，泰絲挑眉，然後一如往常般繼續逼問：「瑪兒，妳知道英格莉在說什麼嗎？」

我喃喃地說：「哇。」

泰絲皺起眉頭。「哇什麼？」

看見她嘴角出現不屑的線條，我感覺好丟臉，但是接著又流露一股羞恥感。我討厭竟然有一部分的自己不想被別人看見我跟凱思和英格莉交談。

我根本不在乎泰絲怎麼想，或至少，我不想在乎。但是，那種感覺依然存在——好像所有人都在注意我、評斷我的感覺。我真想脫離這個軀殼，但是我決定吸氣、吐氣。瑪洛麗，深呼吸。

我告訴泰絲：「我要跟凱思和英格莉聊聊。」

泰絲笑了笑，彷彿我在開玩笑。「為什麼？」

凱思翻了翻白眼。「因為我們人很好，泰絲，這沒那麼難懂。」

泰絲震驚地語無倫次，我努力不笑出來。

凱思的自信讓我鼓起勇氣，於是我跟泰絲說：「妳走就對了，走吧。」

她瞇起眼，我感覺後頸涼涼的，好像她之後會讓我後悔這麼做。然後，她便轉身走掉。

她一離開，英格莉就問我：「那個訊號是妳弄的嗎？」

我搖搖頭，但是凱思替我回答了。她低聲說：「不可能，要做到那件事唯一的方法就是透過禮拜堂的音控系統，但是那在上鎖的音控室裡。」

我和英格莉循著她的目光看向禮拜堂後方的小房間，所有的音響設備都在那裡，全校廣播使用的設備也是。我只大概知道音控社負責控制禮拜堂表演節目的燈光和聲音，早上的公告也是他們廣播的，但是我從來沒特別去關注音控設備。

凱思繼續說：「沒有老師在場，大部分的學生都進不了音控室。知道密碼的就只有幾個人，包括我——因為我是音控社的社長、牧師、社團指導盧卡斯老師，還有副社長凱爾。」

我們轉頭看向凱爾，他跟彼特、蕾根和泰絲一起站在禮拜堂的另一頭，正在一邊笑，一邊扭來扭去，模仿抖音上面看到的舞蹈動作。

英格莉推測：「或許他是想要中斷大會，這樣就能提早結束？」

凱思搖搖頭。「他有可能想這麼做，但是他的智商跟石頭差不多。他得今天提前來設定訊號，還得編碼超控❷系統，這樣沃恩校長和盧卡斯老師才沒辦法直接關掉。凱爾參與媒體製作只是為了得到社團學分，他根本不知道怎麼操作設備。」

「所以，師長沒有理由駭進大會現場，而這又不是學生做的……」我壓低聲音說：「有沒有可能真的是……」

「外星人？」英格莉替我說完，看起來很懷疑。

我說：「哇。」

凱思遲疑了一下，看起來有點不舒服。接著她點點頭，說：「哇。」

「我們還是無法肯定任何事。」英格莉緩緩吐出一口長氣。「但是……我蠻好奇的。」

我覺得又想昏倒，又想歡呼。被外星人聯繫應該要有什麼感覺？當全年級最聰明的兩個學生或許可以幫你找到外星人，這時又應該要有什麼感覺？冷靜，冷靜。

我說：「所以，英格莉……」我跟凱思交換一個眼神，試圖克制興奮之情。「妳要加入嗎？」

英格莉轉向凱思，凱思看起來充滿星星般閃亮亮的希望，讓英格莉忍不住咧嘴而笑。一看見她的笑容，我也忍不住笑了。

有些事雖然改變了，但是那個需要找到答案的英格莉還在。

她說：「這其中肯定有什麼蹊蹺，我怎麼有辦法拒絕？」

❷ 超控（override）是指透過編碼把原本系統的設定蓋過去。

第21條 需要的東西

爸爸現在病得太重，沒辦法找外星人，所以我只能自己找。

幾天前，我努力不哭出來的時候，他對我說：「尋找那三次閃光，妳就會知道天上有東西在看護著妳。」

在那之後，我每晚都睡在外面的帳篷，雖然貝卡不喜歡。有一天晚上，她想跟我一起露宿，但是我不要。這是我跟爸爸兩個人的事。

自己一個人做這件事當然很難熬，因為若跟懂你的人在一起，世界會比較容易。可是，如果我必須一個人做，我可以為了他、為了我去做。我有那些研究，也有勇氣和力量，這就是我所需要的一切。

現在 13

我、凱思和英格莉在午餐時間傳訊息給父母，告訴他們我們有報告要做，所以凱思和英格莉放學後可以去我家。我們還沒有具體的計畫，但是有英格莉，我們就有希望。

媽媽來載我們，我們一一上車時，媽媽來載我和我的朋友放學的那種感覺是如此似曾相識，讓我一度感到迷惘。跟我在一起的應該是蕾根才對，但卻不是。有媽媽在身邊，讓我、凱思和英格莉之間的緊張關係放大了。外星人帶來的興奮感，使我們暫時忘記彼此不見得相親相愛的怪異感，但是現在，整輛車充斥沉默的氛圍，讓我們無法再逃避。

媽媽透過後照鏡跟我對上眼，我可以看出她有多想發問。我傳訊息告訴她凱思和英格莉的事情時，她用一大堆問題轟炸我：**什麼報告？你們自己選組員嗎？妳和英格莉又是朋友了？**

我對她微微搖頭。媽，別問。

她用她所能裝出最正常的語氣說：「嗨，兩位女孩。」她把音響的音量降低一點，露出燦爛的笑容。「英格莉，好開心又見面了。凱思，很高興能認識妳。」

英格莉說了一聲哈囉，凱思則開始問媽媽工作上的事，例如大學和行政方面的情況。我爸媽都在大學裡工作，但是我從來沒想過要問行政的事。我覺得有點怪異，凱思才認識我媽兩秒鐘，她們就已經比我跟她們兩個相處的還要愉快了。

我低頭看手機，傳了一封群組訊息給凱思和英格莉。這是我第一次傳訊息給她們。

我們應該想想第一步是什麼。

可是，凱思繼續跟媽說話，英格莉則有禮貌地點頭附和。她們兩個都沒有檢查手機。我和蕾根總是會在車上互傳訊息，但是我提醒自己，現在情況不一樣。

媽媽又看向我，我知道她打算問那些問題。

媽，不要，別別別。

她張開嘴，一臉無害的表情。

突然間，本地廣播主持人低沉的嗓音變成干擾噪音。我、英格莉和凱思瞪大眼睛互看，媽媽按了各種按鈕，想找到沒有干擾噪音的頻道。

接著，我們聽見一系列的嗶嗶聲。那不是一個連綿的長音，而是由許多短促音組成，不管媽媽轉到哪一臺都一樣。聲音很大，幾乎要使車身晃動。那個聲音直達我的腦門，讓我暈頭轉向。

媽說：「好奇怪啊。」她把一隻手舉到額前，捏著眉間。干擾噪音、頭痛，這些都是珍妮提過的徵兆。

我轉向凱思和英格莉，完全可以看出她們眼裡的驚嘆號。我們在等媽媽來接時，我告訴了她們外星人出現的徵兆有哪些，現在她們把這兩件事聯想在一起。

我的手臂一陣雞皮疙瘩。一開始只有我目睹了不明空中現象，再來是學校，現在則是涵蓋整座城鎮的本地廣播電臺。

這讓外星人感覺好真實、好靠近。然而，恐懼開始在我耳邊輕聲說：我可能深陷麻煩了。

我搖一搖肩膀，把擔憂的感覺掃到一邊。接著，我指著手機，試圖告訴凱思和英格莉我們應該傳訊息討論。

她們看不懂我的暗示。

英格莉說：「那是不是——」

凱思打斷英格莉，給她一個「冷靜點！」的眼神。「妳還好嗎，摩斯太太？」

媽媽深吸一口氣。「沒事，不好意思，那個噪音讓我頭好痛。」

凱思轉向我們，喃喃地說：「越來越有意思了。」

媽媽揉著額頭，廣播又恢復了。一個男性的聲音在談論氣候變遷，好像剛剛完全沒有發生異於常人的怪事。

媽媽說：「一定是哪裡出錯了。」

我點點頭，但是我、英格莉和凱思很清楚那是什麼。

14

我們三個一直忍到我的房間，然後才整個爆發，冒出各種問題、興奮與慌張。

凱思瞪大眼睛搖搖頭。「是真的嗎？有可能嗎？外星人有可能是真的嗎？」

我在床前來回走動，因為我無法好好坐著。「妳們也聽到今天學校的廣播系統了。」

凱思含著臉頰。「是沒錯，但是……這跟學校的不一樣，這……」

我幫她說完：「更大條。我同意。這跟珍妮描述的一模一樣，噪音、嗶嗶聲，連頭痛也有。」

英格莉顫慄不已，全身肌肉都緊繃地震動。她的腳高速踏著，反映了腦袋運轉的速度。「好，先來思考我們所知道的事情。」

我從最明顯的開始說：「我們知道外星人是透過無線電溝通。」

英格莉糾正我：「應該是，我們知道無線電出了一些問題。」

凱思靠過來。「那些問題很像珍妮所描述的外星人。」

我對凱思做出「謝啦」的唇語，還是很訝異她居然會相信。她聳聳肩。

「好好好，我今天下午在自由活動的時間做了一些研究。」英格莉停下來，好像認為我們會打斷她。我們沒有，所以她又繼續說：「在我看來，有三個主要的阻礙。」

她拿起我書桌上的一個線圈裝訂筆記本，撕下三張空白頁。撕裂聲讓我的臉皺了一下。

英格莉看我這樣，說：「抱歉，我忘了妳不喜歡亂弄自己的東西，妳的書桌超整齊的。」

她這樣一說，我才以她的角度觀看我的房間。白色的牆、白色的書桌、白色的棉被，所有的東西都有收好。媽媽常常建議我添加一些「個人物件」，但我不喜歡大方展現個人風格。

我說：「沒關係。」

凱思說：「英格莉只是習慣了自己那個超級混亂的房間。」

英格莉堅持說：「是有秩序的混亂。」

「那還是混亂。」

英格莉對凱思咧嘴而笑，然後拿起我的筆，在每張紙上分別寫下：**惡兆、方法、訊息**。

凱思挑眉。「惡兆？」

英格莉解釋道：「意思是『不好的預感』。」

惡兆聽起來比「不好的預感」糟多了，不安的感覺在我心中凝結。我不去理它。

英格莉指著「惡兆」那張紙，說：「那就先從這個開始吧。我們擔心有哪些安全問題和負面影響呢？」

凱思說：「沃恩校長叫我們要信任專業，如果我們自己找外星人，就沒做到這點。此外，我們也是在跟警察作對，這樣很危險。」

房裡的氣氛似乎變得凝重起來，我們開始認知到：這真的在發生了，我們的行為可能帶來真實的影響。

英格莉補充道：「這甚至沒考慮到真正找到外星人之後的情況，那也可能很危險。」

我也擔心同樣的事，但我突然想起珍妮暑假來找我時說過的一件事。「珍妮說外星人是利他主義者，因為他們如果有辦法進化到這個地步，而不自相殘殺，他們一定是愛好和平的物種。」

英格莉的臉皺在一起。「要是某些外星人殺了其他外星人，然後出發去征服宇宙的其他地方呢？要是人類辦得到，很可能就會這麼做。」

我沒想過這個可能，但我想要相信珍妮所說的。「外星人以前或許是這樣，但是現在可能已經不是了。他們可能已經演化到……懂得彼此友好。」

英格莉抬起眉毛。「妳們覺得人類有可能演化到彼此友好嗎？」

我不知道怎麼回答。我不記得英格莉有這麼憤世嫉俗。

但是凱思說：「我覺得有可能。」

我發現，凱思比我以為的樂觀多了。

聽到凱思的回答，英格莉退縮了一下。「但是，妳們覺得人類在乎他人或其他物種有可能多過在乎自己嗎？」

珍妮說到這件事的時候，感覺好有信心，很容易就會讓人跟著相信。但是現在，我不知道。

我說：「如果他們覺得自己真的可以做出改變，或許他們就會在乎。外星人或許知道自己能夠做出改變，因為他們有更先進的科技和更豐富的知識。他們真的可以替我們改變一切。」

英格莉深吸一口氣，說：「要人相信良善……是很困難的。」

凱思露出同情的表情，我再次納悶英格莉到底發生過什麼事，使她變得如此……不抱希望。

我輕柔地說：「這是有風險。但是如果外星人真的很危險，而珍妮找到了他們，那就表示……」

我們沉默了，沒有人想說完這句話。

最後，凱思手伸過去，把惡兆那張紙翻過來。「我們明白風險有哪些了，會盡可能小心。」

我點點頭，指著下一張紙。我們除了前進，沒別的地方可去了。「什麼是方法？」

英格莉甩掉情緒，又變得實事求是。「我們必須思考聯繫的手段。根據我的研究，搜尋地外文明組織❸裡的科學家大部分似乎都相信，接觸外星人最好的方式就

❸ 搜尋地外文明組織 (Search for Extraterrestrial Intelligence Institute, SETI Institute) 是非營利性組織，旨在「探索、理解並解釋宇宙中生命的起源、特性和傳播」。並利用這些知識來啟發和指導今世後代，分享公眾、媒體和政府的知識。致力於用無線電望遠鏡等先進設備接收從宇宙中傳來的電磁波，從中分析有規律的信號，希望藉此發現外星文明。

是使用無線電波或巨大的雷射波。我們顯然比較容易使用無線電，但天文學家用的都是很大的無線電波望遠鏡，基本上就是龐大的衛星天線。」

我說：「像是大耳朵。」

英格莉點點頭。「如果我們有一個可以發送和接受訊號的儀器，或許就能進行聯繫。」

凱思提醒我們：「但是我們沒有那樣的儀器。」

我說：「軍事基地可能會有。」

凱思皺眉。「我們絕對不可能從那裡拿到。」

英格莉眨眨眼。「為什麼？」

「三個小孩要怎麼闖入軍事基地？」

英格莉好像真的在評估那麼做的可能性。「我跟瑪洛麗在霍爾公園放火那一次，我媽還蠻生氣的。她生氣的原因是因為我們很靠近軍事基地，要是裡面的人發現了，我們會惹上更大的麻煩。」

我說：「老實說，她不只因為我們很靠近軍事基地而生氣，她也很氣放火這件事。」

「沒錯。」

凱思一副我們是瘋子的表情看著我們。「我們能不能答應不闖入軍事基地，也不放火燒任何東西？」

英格莉很勉強地點點頭。

我說：「好，但是本地的廣播電臺呢？」

凱思揉揉太陽穴。「那倒是有可能，但我們還是得擅闖空門，而且就算我們想要，保全也會很嚴密。」

我用手指輕敲大腿，和她們一起思索著各種可能——以及不可能。我提議：「汽車音響呢？我們知道汽車音響對……當下發生的事情有反應。」

英格莉搖搖頭。「如果我們要問他們珍妮的事，就需要雙向溝通。」

凱思靠過來。「我爸好像在車庫放了一些老舊的對講機，他從來不丟東西的。」

英格莉說：「那訊號不夠強。」

「是長距離的對講機。」

「長到可以傳到外太空？」

凱思停了一下。「說得對。」

我們靜靜地思考。這真是令人挫敗，雖然有很多方法可以聯繫，但是我們卻沒辦法使用。要是外星人真的在這裡，他們真的抓了珍妮，我們卻無能為力呢？

我的腦海浮現一個點子。「或者……禮拜堂的音控室怎麼樣？他們一定有發送和接受訊號的設備。輸入與輸出。」

英格莉睜大眼睛。「太完美了，而且我們也可以調查集會出現的訊號，說不定有線索能告訴我們是什麼造成那個訊號的。」

我和英格莉都轉向凱思，她卻遲疑了。她說：「我們理論上只能把設備用在跟學校有關的活動上。」

我說：「珍妮是我們學校的學生，所以嚴格來說這確實跟學校有關。」

「嚴格來說並不是。」

這下換英格莉的眼神露出充滿星星般閃亮亮的希望。「禮拜堂永遠都開著，而且午餐時間沒有人會去那裡。我們可以快速溜進去，凱思……妳有密碼。」

「我可能惹上大麻煩……」凱思咬著指甲，這是她緊張時會做的習慣動作。

我哀求道：「拜託，這都是為了珍妮。」

凱思閉上眼睛，跟自己的內心爭辯。接著，她嘆了口氣。「妳說得對，這比校規重要多了。我們可以明天午餐時間去。」

我在心裡開心地舞動了一下，然後靠過去，將方法那張紙翻過來，變成空白頁。

「第二個問題解決了。」

英格莉指著最後一張紙。「訊息。如果我們要傳遞訊息，就需要將無線電調到正確的頻率。無線電頻道數也數不清，外星人不太可能會監控每一個頻道。」

我說：「珍妮曾經提到要找出對的號碼撥打，就是這個意思嗎？」

英格莉皺起眉頭。「聽起來是，但我根本不知道該從何找起。」

我說：「珍妮做了好幾年的研究，但是我們沒有那麼多時間。」接著，一個想法開始在我心中成形。「除非……我們利用她的研究。」

她們兩個看著我，我把疑慮趕出腦海。「我知道她把研究成果放在哪裡，她有很多筆記本……」

提到那些筆記本讓我雙手開始顫抖，於是我把手插進口袋。「她把筆記本放在她的房間，我們可以全部拿走。」那是個謊言。我們無法拿到全部的筆記本，但是我不想告訴她們第七冊的事，也就是我認識珍妮的第一天，她塞到我手中的那一本。我們不需要談到那些。

凱思瞪著我。「所以我們又回到了擅闖空門？」

我和英格莉交換一個眼神，她的眼睛流露出挑戰的光芒，因為跟電臺或軍事基地相比……溜進珍妮的房間感覺是有可能做到的。

凱思在我們兩個之間看來看去。「妳們的計畫全都跟犯罪有關嗎？」

我說：「就像妳說的，這比規定重要多了。」

凱思結結巴巴地說：「我說的是校規，不是法律！妳們想要闖進一個失蹤女孩的家，妳們知不知道這看起來有多可疑？」

我遲疑了一下。凱思說得對。我說：「可是……如果我們找不到對的頻率，就找不到珍妮。而我們非得找到她不可。」

凱思看起來快暈倒了。「這我理解，可是妳不能……」她停下來，因為我和英格莉又交換了一個眼神。凱思雙手交叉在胸前。「不准再這樣對看了！」

我問：「怎樣對看？」

「好像妳們在籌畫陰謀似的。」

英格莉笑出聲，我發現我已經超過一年沒聽過她笑了。

接著凱思又補充道：「好像妳們是……朋友。」

英格莉的笑聲突然中止，被她硬吞下肚。閃亮亮的興奮感瞬間蒸發，我們意識到我們並不是正在計劃冒險的朋友。這只是暫時的休戰。

我說：「我認為我們有兩個選擇。第一，妳們可以今晚在這裡過夜。我聽到我爸媽聊搜索隊的事，他們說陳媽媽每天早上五點都會出門找珍妮。她出門後，屋裡就沒有人了，在我爸媽起床前，我們會有一個小時的時間，要進去房子應該不會有問題，因為陳媽媽總是不鎖門，以免珍妮……」

想到珍妮在外頭的某個地方，離家那麼遠，我們全都面露難色。

我繼續說：「第二個選項是，我自己去。妳們兩個說得對，這件事有風險，包括外星人和闖空門的風險。妳們可以不用參與。」

說出這番話真的很痛苦，想到要自己一個人做這些事，我的慌張就變成一個黑洞。可是，雖然我很想要她們幫忙，我卻不希望她們惹上麻煩。

凱思和英格莉展開沉默的對話，看著她們，我真希望我也能懂她們的好麻吉祕密語言。

接著，凱思嘆了口氣，將訊息這張紙翻過來。「噢，少來，我們一起聯繫外星人吧！」

過去 15

開學第一天在餐廳發生了那次悽慘的互動之後，珍妮的日子變得越來越不好過。蕾根和泰絲不跟她當朋友，使她的新人地位走上完全相反的方向。珍妮再也不是神祕的酷女孩，而是詭異的怪女孩。

在那之後，彼特、凱爾和那群人的其他成員很快就開始嘲笑她。不到一個星期，他們已經會在珍妮經過時，做出各種空手道劈人或武術踢人的動作，然後哄堂大笑，好像自己完成了破紀錄的喜劇表演。

最後，這一切造就了那次惡名昭彰的功夫大對峙。

那不見得是預先計劃好的。或者，如果真是預先計劃好的，我也完全不知情。那天早上我到學校時，空氣中充斥著銳利、興奮的張力。

當時，距離第一次打鐘還有半小時，但是靠近學校前方的長椅四周已經聚集了很多人。一如往常，彼特、凱爾和他們的朋友都在那裡閒晃，但跟平常不同的是，他們在這個時間點比以往還要清醒、警覺。他們準備好了，好像在等什麼。

一切都感覺不太對勁。接送區旁提醒我們警長隨時都在監視的牌子讓人覺得很不祥，而非令人安心。愛蟲已經開始出沒，飛來飛去，隨時會纏到我的頭髮。氣溫也逐漸攀升到讓我想要脫離這個軀殼的程度。

我擠過成群的學生，擠過吵雜、笑聲、恐懼和反感的混合體，最後找到蕾根。她只有一個人，因為泰絲那天早上晚到。她站在人群的後方。

我問：「這是怎麼了？」

「還不是空手道。」她拍打一隻愛蟲，然後嘆了口氣，好像很無聊，但她的眼神透露出一絲黑暗，彷彿在期待什麼。「彼特在等珍妮來。」

我的眉頭後方因為壓力而痛了起來。「他要做什麼？我們該不該阻止他？我們該不該說些什麼？」

蕾根看了我一眼，有些不悅和受傷。「她不會有事的。」

然後，彷彿受到蕾根的召喚，珍妮現身了。

至少，我記得是那樣。親眼看見某個事物，之後再從別人那裡聽說，會產生一種很怪的感覺，好像現實跟謠言融為一體，你無法確定什麼才是真的。你無法信任自己的記憶。

總之，我是這麼記得的：

珍妮走過來，看著人群，有些疑惑，有些好奇，想知道大家都在等些什麼。她一靠近，彼特就慢慢起身，伸展長長的四肢。「哈囉，陳珍妮。」他說，將她名字的每一個音唸得清清楚楚。他把手插進口袋，露出笑容。

我看過那種笑容，他有時會對蕾根那樣笑，我覺得很可疑。我不信任彼特。他總是把一切都當遊戲的樣子，好像可以傷害人都不考慮後果似的。

我咬著嘴唇，咬到都疼了。珍妮，快逃啊。

珍妮皺起眉頭，我看得出她漸漸搞清楚狀況，慢慢明白這群人是在等她。她看向我們。然後，她看著我，盯得有點久。

我把眼神垂下來。

「幹嘛？」珍妮問彼特，語氣有點小心翼翼。

他加大馬力施展魅力，一邊用手梳過他的金髮，一邊露出帶有酒窩的笑臉。「妳已經來整整一個星期了，卻還沒正式自我介紹。」

這不對，這不可能會有好的結局。我四處張望，用力祈禱某個老師會神奇地出現。可是，沒有老師現身。

「呃，你在說什麼？」珍妮的聲音有點顫抖，有那麼一秒鐘，我覺得我能聽見她的心臟怦怦跳。不，那是我自己的心跳聲。

現在聚集了更多學生，有些人或許正在插手干預的邊緣，咬著牙祈禱事情不會變得太糟。

但是，也有些學生想要看戲。在我內心深處，我擔心我可能也是其中一人。我知道大部分的我不是，可是要百分之百認識自己很難。我很難確定是不是有那麼一小部分的自己希望某些刺激的事情發生。

我抖了一下。

有幾個人舉起手機錄影。蕾根雙手交叉在胸前，一動也不動，甚至似乎沒在呼吸。

珍妮面露苦笑，禮貌性地表現害怕，然後試圖繞過彼特身邊。

他的朋友擋住她。其他學生圍繞著她。她被困住了。

彼特露出酒窩，假裝受傷地說：「珍妮，妳一直忽視我，現在妳得補償我才行。」

珍妮的笑容動搖了。她看著人群，內心肯定有個聲音在大叫：快逃！

然而，她的眼神閃了一下，先是一絲恐懼，接著變得柔和。我看得出她決定信任他。

我想尖叫，我想阻止這一切，但是我什麼都不能做。

她問：「你想要我怎麼樣？」

他設下一個超大的陷阱，她卻看著陷阱說：這個陷阱真好！我可以在裡面玩嗎？

彼特低頭掩飾賊笑。他用鞋子踢了踢水泥地，一副很害羞的樣子。當他抬起頭，他的表情充滿緊張和信任，跟珍妮一模一樣。

他的表情看起來很真，那才是最恐怖的地方。

他拖長聲音說：「或許，妳可以秀幾招功夫？我聽很多人說妳會功夫，但卻從來沒有親眼看妳施展過。」

某個人咳了一聲，以掩飾笑聲。

我對上蕾根的眼睛，但是她微微搖頭。不要插手。

我們全都知道會發生什麼事。珍妮的空手道在無名鎮有點太怪了，假如她在這裡、在所有人面前示範動作，人們只會更想嘲弄她。

我吞了一口口水。我想阻止這一切，但是我內心的恐慌感不斷升高，掐住了我的脖子。我動不了。我沒辦法幫她。

我真希望說點什麼來改變這種情況，但是彼特比我受歡迎多了，所以我知道他不會聽。

唯一使我好過一點的是，我知道彼特捉弄人很快就會膩了。他會把注意力放在一個人身上一個星期左右，然後就厭煩了，去找下一個。珍妮只要撐過去，就會沒事了。

她說：「那其實是叫作卡波耶拉。」她看著人群，最糟的就是她臉上的表情——又是那充滿希望的神情。

她一定知道——她一定知道——他們在嘲笑她吧！但是，或許她希望他們是真心的，所以忽略了那個小細節。「那是一種巴西武術，我爸過世之前常常陪我練習。」

她毫不避諱、理所當然地談論死亡，讓彼特似乎有些遲疑。他友好的假面具動搖了，被一絲真誠所取代。

可是，那絲真誠很快就煙消雲散，他又恢復正常。「秀給我看？拜託，好不好嘛？」

聽到這句耳熟的哀求，我看向蕾根。她瞇起眼睛，深吸一口氣。我看不出來她是開心還是不悅，這讓我有點震撼。我已經變得很懂她的肢體語言，所以看不懂的時候感覺很不安。

我轉回去看珍妮。我們全都看著她。

珍妮露出笑容，彷彿情況不管多緊張，她都無法抗拒卡波耶拉。「好啊，如果你真的感興趣的話。」

她彎下身子，重心從一隻腳晃到另一隻腳，手臂在身前揮動。

人群爆出一陣陣咳笑聲。

媽媽一定會很失望。她一定會要我穿越人群，揮著手大喊：空手道和卡波耶拉都不丟人！這是很厲害的技藝，丟人的是你們才對！

但我不是那樣的人。

接著，珍妮使出一記迴旋踢。

那確實很厲害。群眾聽起來像干擾噪音，混合了笑聲、耳語，隨後還有讚嘆聲。

沒人知道該做出什麼反應，所以他們看向彼特和蕾根。

蕾根翻了翻白眼。

然而，彼特整張臉都變了。他靠過去，表情從嘲諷變成好奇。他說：「真酷。」

珍妮對上他的眼睛。「我知道。」

「妳可不可以再秀一招？」

她的手不抖了。那記迴旋踢讓她穩了下來。她看看彼特，再看看人群，皺著眉頭，好像漸漸從迷惘中甦醒，好像現在才看到他們的訕笑和手機。「我才不要耍把戲給你看，我又不是小狗。」

要讓一群興奮的中學生安靜下來，基本上是不可能的，但是珍妮竟然做到了不可能的事。因為，令人驚訝的不是她說了什麼，而是她說話的口吻。她一點也不嚴厲，儘管那些話可以說得很嚴厲。反之，她的語氣接近和善，好像她在對他解釋一件重要的事情，一件他就是不明白的事情。

我感到一股恐懼和擔憂，但是也有……驕傲的感覺。因為，彼特總是這樣待人，卻從來沒有人做出這種反應。

她真是太棒了。

其他人肯定也有感受到，因為有些女孩笑了。這次，她們不是笑她，而是贊同她而笑。

彼特露出大大的笑容，不虛假也不做作。不知怎地，在短短幾分鐘內，珍妮改變了人們對她的想法。不知怎地，珍妮贏得了他的心。

她贏了。

我的胸口不再緊繃，很奇怪，我好想要哭。

接著，彼特緩緩點頭，用更慢的速度說：「妳……不一樣。」

彼特彷彿吸光了四周的氧氣——這只有他辦得到。那是一句不怎麼樣的話，但是他說「不一樣」，卻帶有「比較棒」的意思，讓我感覺好渺小。

他的話很傷人，就像不小心被紙張割傷那樣，會留下紅紅的一痕，很痛，但不會流血。你沒辦法抱怨，因為那只是紙張割傷而已，其實沒那麼糟。

我站在那裡心想：我也想要不一樣。

而我很確定，蕾根心裡想的是：不一樣的應該是我。

我想知道彼特知不知道自己做了什麼，知不知道男生說的話也像武器。

我也想知道，珍妮知不知道自己做了什麼，她是不是計劃了這一切，讓自己看起來不一樣，看起來比較棒。

珍妮對他眨眨眼，又對人群眨眨眼。我們都在等著聽她接下來會說什麼，她在眾人的目光下只簡單地說了一句：「我知道。」

然後，她轉過身，擠過人群，不看任何人。

蕾根也轉過身，往反方向走去，我在原地站了幾秒鐘，不知道該跟誰走。

最後，我追上蕾根。假如當時我去追珍妮，這一切說不定就不會發生了。或許，我可以向她解釋：嘿，妳破壞了風雲人物的階級，這當然沒有不好，但是妳或許不該這麼做。如果妳一直一副漠視一切的樣子，有人會不爽。例如蕾根。那樣就不好了。

我告訴自己，那是關鍵所在。珍妮只是需要知道世界運作的道理。她需要有人告訴她。

我覺得這很可怕。你看，軍方要摧毀這麼大面積的土地，使它幾乎永遠無法復原，就只是為了殺人。人類這樣的前景可不妙。

進行無數個世紀的戰爭之後，人類應該要記取一些教訓。他們應該知道如何避免戰爭才是啊。

外星人說不定也這樣想，因為51區後來開始發生怪事。有人看到一些不可能來自這個世界的東西。機器出現各種運作不良的狀況，但那不可能是巧合。比方說，有一次進行核武測試時，就在十二架武器正要啟動前，它們竟全數故障。照理說不應該會發生那種事，因為這些武器的系統並不相連，一架故障有可能，但不可能全部一起故障。

軍事基地的人都無法釐清原因，但好像是有人，或某種東西干擾了訊號。說不定是來自外星的生物。

如果你前面都有看完，你一定懂的，對吧？

在經歷了無數場戰爭之後，在看著我們傷害彼此與地球，看見我們瀕臨核災邊緣之後，外星人終於決定前來阻止我們。

他們要來拯救我們，不讓我們自我毀滅。

現在呢？51區不再因為暴力而出名，反倒成了一個神祕魔幻的地方。人們會特地造訪那裡。人們會書寫和想像那個地方。

那裡讓人們相信（不管是持續一輩子或一瞬間）不可能的事情是有可能的。

第48條 防禦

爸爸教我卡波耶拉。沒有全教，就只教基本的。我原本不想學，因為我討厭暴力或任何跟暴力有關的東西。可是後來，他告訴我一段歷史。

他說：「有時候，這個世界會試圖剝奪事物的意義，但是妳要記住：意義是可以被賦予的。」

他告訴我，卡波耶拉在巴西很流行，但是它其實很久以前是在非洲出現的。卡波耶拉是那些被迫離開自己的家，被帶到新國度當奴隸的人發明的。

我知道美國以前有奴隸制，但我沒想過這在世界上其他地方也有。這又是人類會對彼此做出各種可怕行徑的一個例子。

有些人認為卡波耶拉的歷史還有待商榷，但是最主要的理論說：這是一門源自非洲的藝術，是一種美麗的自我防衛形式，可以自由實踐。可是，非洲人被帶到巴西奴役之後，他們必須以舞蹈的形式加以掩飾。他們必須把它的力量藏起來。他們透過美來保護自己。

用這種方式思考卡波耶拉，讓我全身起雞皮疙瘩。因為，人類怎麼有辦法活在暴力之下，還能夠從暴力之中創造出這麼美的東西？

我還是有在練習卡波耶拉，雖然爸爸現在太虛弱，沒辦法教我了。練卡波耶拉比尋找外星人更讓媽媽開心。她說，自我防衛很實用，我必須做好準備，才能應付真實世界的運作方式。

可是，學習有關外星人的知識也是一種自我防衛啊。聽起來或許很瘋，但是在進行外星人陰謀的研究過程中，我對於把暴力轉化為美有了許多體會。

就拿51區為例。那裡起初是核武的測試地點，政府計劃把它變成核廢料的掩埋場。

你能想像嗎？美國製造了一大堆核武，因此需要一百多平方公里的空間掩埋所有的遺毒。那個地區將毫無生氣數千年。

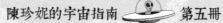

現在 16

我們的計畫是這樣的：凱思負責把風，從我家客廳的窗戶監看珍妮的家，傳訊息向我們報告最新狀況；我負責溜進屋內，拿走珍妮的筆記本；英格莉會在珍妮房間的窗下等候，我會把筆記本往下丟給她。接著我再溜出來，這樣我們就有找到珍妮所需要的所有研究資料。

幸好，我們的父母都同意讓她們在我家過夜，這真的很幸運，畢竟隔天仍是上學日。我猜，我們三個混在一起實在是太稀奇了，所以我們的父母認為這一定跟學校作業有關。

凱思和英格莉回家拿了過夜需要的東西，晚上接下來的時間，我們用來構思計畫。

現在，她們都睡了，我卻發現自己難以入眠。我每十五分鐘就會醒來，因為外面只要有一點點光線，都可能是飛碟，一點點聲音，都可能是珍妮。

凌晨三點，我放棄入睡，便開始上網搜尋外星人。我滑手機滑到美國著名的外星地點，像是羅斯威爾和51區，不知道無名鎮有一天會不會榜上有名。

搜尋引擎帶我點開一個又一個的連結，因此一個半小時後，我讀到了關於星星的資訊。有些星星孤零零地存在，在漆黑的外太空形成唯一的亮點。然而，有些星星則是成雙成對，繞著彼此轉，近到構成兩顆星星的物質在它們之間飄浮。

我有點難以想像星星竟然會這麼鬆散，內部的物質沒有被包在裡面，只要跟另一顆星星夠接近，就無法明確看清兩顆星星的界線。

這個想法令我緊張不安。

我關掉手機，坐了起來，然後踮腳尖走出房間。反正我也沒時間睡覺了。我從客廳觀看珍妮的家，一邊等著她媽媽出門，一邊走來走去、走來走去。最近，我越來越會踱步了。問題是，踱步會讓我想東想西。我開始覺得，我或許不該把凱思和英格莉捲進來。她們已經幫我很多了，但是她們不信任我或許是對的。或許，她們不該靠我這麼近，共同承擔我的星星物質。

我感覺擔憂的黑洞越變越大，那大概是世界上最糟糕的感受，而我的心中又開始形成一團恐慌——

「嘿！」有人在我耳邊輕聲說，近到鼻息都搔到我脖子上的汗毛了。

我迅速轉過身，肌肉因恐懼而緊繃。我的大腦短路，還以為會看到外星人或珍妮。

但是，我只有看到凱思。

我生氣地說：「妳幹什麼啦？」

她解釋：「妳走出房間時吵醒了我，我想說這是我練習鬼鬼祟祟技能的大好機會。我想看看我有沒有辦法悄悄靠近妳不被發現。」

「凱思，妳是把風的，妳根本不需要這個技能。」

「妳不知道當下可能需要什麼。」

「需要一個把風的。」

她哼了一聲，把手上的東西拿給我。「昨天在打包過夜的東西時，我從我家車庫拿了這些，我們一人一個。」

我看著一個裝有天線的塑膠盒，問道：「這是什麼？」

她用一副好像我長了一條尾巴似的表情看著我。「妳沒看過？這是對講機，還記得嗎？是很久以前的人在進行祕密行動時會使用的古董。」

「噢，對，但我真的從來沒看過。」我拿了一個，感覺臉頰發燙。「用手機不是比較容易嗎？」

凱思看著我，好像在說：看得出來妳從來沒搶過劫。「瑪洛麗，我們要做犯法的事，當然不能留下對話紀錄。」

「噢。」我盯著對講機，感覺有點不舒服，可能是因為睡眠不足的關係，也可能是因為準備闖進一個失蹤少女的家尋找外星人的時候，本來就會有這種感覺。

「我們先從監視陳媽媽開始。等她離開後，再叫醒英格莉。」凱思大方地往沙發一坐，身子向後靠，好讓臉離窗戶只有一點點的距離。她看起來很自在，好像覺得自己屬於這裡，不管其他人同不同意。我不知道她怎麼辦到的。

「幹嘛？」凱思看著我，我才發現我一直站在原地盯著她。

「沒什麼。」我尷尬地說，在她旁邊坐下來。我們之間隔了一段距離。

話說回來，監視有什麼特點呢？那就是沉默的時間很長。五分鐘感覺有如永恆。我只想要尖叫，但那樣會超怪，還會吵醒我爸媽，毀了整個計畫。可是，我一向不喜歡沉默的氣氛。一部分的我希望蕾根也在，因為她總是具有強大的存在感。

再也無法忍受沉默時，我脫口而出：「英格莉到底是怎麼了？」

凱思眉毛抬高，我才意識到自己聽起來很沒禮貌。

我解釋說：「我的意思是，她感覺跟幾年前不一樣了。」

凱思在沙發上挪動了一下，我看出她臉上的不自在。在不背叛好朋友的前提下，妳該多誠實？「我想，大部分的原因來自彼特。」

去年，彼特對英格莉使出一些他的霸凌招數。一切都是從自然課開始，我們開始進入植物單元時，英格莉回答老師問題的次數比以往更多。她總是把手舉得老高，回答得超有自信，而且從來沒有答錯一次。

然而，植物單元上了一個星期左右，彼特和他的朋友開始會在英格莉舉手時假裝咳嗽。一開始我不太確定，但是我確實出現那種心一沉的感受，好像發生了什麼不好的事。

自然老師比我晚幾天發現事情不對勁，但是她不能證明任何事，所以有一陣子乾脆不在課堂上問問題了。

於是，霸凌轉移到走廊上，彼特和他的朋友每次經過英格莉，就故意咳嗽。他們說的話也越來越清楚。

讓她閉嘴。咳咳。讓她閉嘴。

那真的很壞。彼特的招數一向都很壞，但是只有持續幾天而已。

我說：「我覺得那沒有那麼糟耶，就算有，也沒有持續很久。」

凱思對我投以一個眼神，表示她不認同我說的話。「很多事情只要妳不看得太仔細，就好像沒那麼糟。」

「是沒錯。」可是我真的有在留意。連蕾根也說彼特太過分了。當他停止那些行為後，我們都鬆了口氣。終於結束了。

感覺英格莉一定有發生更多事，但是凱思沒有多說。我們恢復沉默很長一段時間。凱思咬著指甲。

這一次，她先受不了了。「好吧，我就直接問了，因為我沒辦法不去想那件事，然後又不說出來，我討厭這樣。」

我說：「好。」她的語氣很嚴肅，讓我心一沉。

「妳對珍妮感覺愧疚嗎？」

我眨眨眼，全身上下都對她的問題做出反應：心跳加速、手掌發汗，彷彿一個簡單的問題就可以對我發動攻擊，彷彿語言可以真的傷人。我想知道凱思知道多少，又是怎麼知道的，但是我沒有問。

她好像很想一吐為快似的快速地說：「因為我感覺很愧疚。聽著，別告訴英格莉這些，其實我……在學校刻意讓珍妮遠離我們。妳們第一天對她很壞，然後彼特也開始開她卡波耶拉的玩笑，在英格莉發生過那些事之後，我不希望我們又變成目標。所以，離她遠遠的……感覺比較容易。」

我遲疑了一下。「我懂。」我猜，這就是為何珍妮在第一週之後就沒跟她們玩在一起了。我想著珍妮的感受，那些可以跟她當朋友的人最後全都遠離了她。這讓我喉嚨一緊。

凱思說：「我很討厭自己做了那件事，也很討厭那種感覺，就好像我連自己是誰都不知道，因為我希望相信自己是個好人。我每次看見那些知道什麼是對的事，但卻不去做的人，都會覺得……我希望我比那些人更好。」

我的身體同時又熱又冷，因為她感覺好像在說我，我該怎麼反應？

但，她的語氣沒有一絲質問，而且她似乎迷失在自己的世界裡，於是我說：「或許，這比知道什麼是對的事還要複雜。或許，人們只是想在幫助別人和保護自己之間取得平衡。」

她皺眉頭。「或許吧。但是，有時候我覺得複雜只是人們不想太努力時所使用的詞。」

我又覺得自己中槍了，這讓我開始有些挫敗，因為我不想要坐在這裡聽她說我是個壞人。但，有一個很微小的聲音告訴我，她或許是對的。

我嘆了口氣。「我的確感覺很愧疚。」

凱思看起來很驚訝，我心想她是不是真的以為我那麼壞，壞到不在乎。她甚至不曉得**那件事**，以為我只是在講餐廳發生的事。

她問：「妳為什麼要跟泰絲和蕾根當朋友？她們很不好。」

我應該替我的朋友辯護，那是好人應該做的事。我應該告訴凱思，她根本不知道自己在講什麼。可是，我卻說：「我沒有跟她們當朋友。」

我的心裡充斥著對蕾根的背叛，我把雙眼緊閉。我做什麼事都不對。如果我想跟某個人當朋友，就會背叛另一個人。

凱思哼了一聲。「兩天前妳還跟她們是朋友呢！」

我模仿爸爸，小心地選擇用詞：「我知道蕾根有時候極端了點，但那是因為她的人生遭遇了很多事，比大部分的人以為的還多。」

凱思搖搖頭。「很多人都遭遇很多事，卻不會對每個人都這麼蠻橫。」

「蕾根沒有對每個人都這麼蠻橫，她人也可以很好，對我就是。」

我聽起來好渴望被認同，這讓我想把話收回來，但是我還是繼續說，填補沉默。「至於泰絲，是因為蕾根想跟她做朋友，所以就變這樣了。有時候我蠻喜歡她的，但是有時候……」

凱思直截了當地說：「泰絲最糟了。」

「對！她最糟了！」

凱思訝異地笑出聲，我也驚訝地笑了。我們竟然開始建立感情了，而且還得感謝泰絲。

凱思翻了翻白眼。「她有一次給我髮型方面的建議，但我可沒叫她這麼做。她說，她可以幫我把爆炸頭弄好，因為她也有捲髮，所以她覺得爆炸頭跟捲髮是一樣的。」

「聽起來很像泰絲會說的話。有時候我真的很想搖醒她，說：這跟妳無關！」

凱思說：「一點也沒錯，而且她說話總是要加個問號這樣？真的很煩？我數學課坐她旁邊，每次摩爾老師點到她，她就假裝不知道答案，雖然我明明就看到她紙上寫了答案！她明明就知道！」

現在換我笑出聲了，主要是因為鬆了一口氣。這場對話好輕鬆，我又能夠呼吸了。「噢，相信我，她每一件事都這樣，我和蕾根老是開這件事玩笑。」

「如果妳知道一件事的答案，就大方承認，當個聰明的學生。裝笨不會讓妳變酷。」

我同意。「是啊，我們很受不了她。」

然後，我們兩個同時住嘴，臉上的笑容消失了。說別人的壞話很容易。因為討厭別人而建立起感情也很容易。這自然到令人害怕。

凱思改口說：「我相信她的內心深處也有好的特質，而且把每句話變成問句其實也沒害到誰。」

「是啊，我知道，我不是那個意思。」但，我確實是那個意思，這才是最糟的地方。我怎麼會跟一個我不喜歡的人做朋友做這麼久？這把我也變成我不喜歡的人了。

凱思別過頭。「我並不是……壞人。」

我差點沒聽到她說什麼。她聽起來不像自己，不像平常那樣有自信和直接。

我說：「我不覺得妳是。」

她的表情顯示她不相信。「我真的有努力過。我有努力別這麼情緒化，因為我情緒化的時候別人會嚇到。但是，不情緒化他們又覺得我冷血無情，我怎麼做都不對。我從來沒有說我們在禮拜堂必須唱的讚美詩怎麼樣，我在管弦樂團也是整年都乖乖演奏〈聖誕頌歌〉，但是如果我秋天因為猶太節日而請假幾天，突然間這樣就不行了。」

她苦笑了一下。「我聽到凱爾說我很讓人倒胃口，別人就是這樣想。有時，我不曉得那是因為我是黑人、我是猶太人，還是我是我自己，或許三者都有吧。」

我驚恐地發現，我之前可能也是這樣想她。我說：「我很遺憾。」

她沒有回應，於是我說：「我媽也會說這些事，像是亞洲人經歷的各種種族歧視，像是我也知道彼特嘲笑珍妮的『功夫』是不對的。」說完之後，我才發現我用一根手指比出引號手勢，而不是兩根。想起媽媽讓我有點難過。我真希望我可以跟她聊這些事，而不至於讓她大驚小怪。

凱思說：「是啊，種族歧視絕對有發生在珍妮身上，妳也有嗎？」

我遲疑了一下。「應該沒有。」事實是，我從來沒有想過這件事。或許這是因為我缺乏知識好奇心。

但是，有時確實有一些小事，例如泰絲說我跟珍妮很像，我不知道那是因為我們都是亞洲人，還是因為我的內心深處有類似珍妮的地方。我不知道哪個答案讓我比較不舒服，而那或許就是使我不悅的地方。總是有這些不確定的小事，我不知道那算不算種族歧視，但它還是鑽進了我的腦海裡。

我改口說：「我不知道。」

凱思閃過一絲認同的表情。「人們有時候真的很壞。」

我點點頭，不知道是不是這樣，不知道我有多常包含在這些「人們」之中。

晨光開始滲入客廳的窗戶，鳥兒開始啁啾。已經快五點了。

「凱思？」我有一個問題想問，但是我怕天全亮了以後，就問不出口了。

「什麼？」她看起來也有點緊張，好像知道升起的太陽可能改變我們的關係，而她還沒準備好。

「妳真的認為人有可能變好嗎？像是透過演化或純粹長大的過程？」

她望向窗外珍妮家緊閉的大門，輕聲說：「有時候。」

凱思聽起來好悲傷，讓我的心有一點痛，但是接著她轉向我，補充道：「我覺得我這麼認為，原因可能跟珍妮相信有外星人一樣。」

我皺起眉頭。「因為妳有看過麥田圈？」

她噗哧一聲，說：「不是。」接著她又認真起來。「因為如果不那樣想，就太寂寞了。」

我在沙發上挪動了一下，這場對話變得太有深度，我有點不自在。「哇。」

她笑了。

幸好，珍妮家的大門終於開了。我們把注意力轉回我們的任務，看著陳媽媽走出家門。她走向停在車道上的車，按了鑰匙的按鈕，車頭燈閃了一次、兩次。

她打開車門，準備進去，接著又停下來，望向遠方，沒有特別在盯著什麼，就這樣過了好一陣子。

接著，她深吸一口氣，進到車裡，開出車道，正式上路。

我輕聲說：「我們去叫英格莉吧。」

是時候了。

17

我站在陳珍妮家的門口。擅闖進去感覺是不對的，但是我不斷提醒自己，我們這麼做有對的理由。

我的對講機發出噪音，凱思的聲音傳來：「進去吧。」

我轉過頭，看見她坐在我家的沙發上，透過窗戶把風。英格莉在珍妮的房間下面等著，她從屋子的側邊探出頭來，對我豎起大拇指。

我把手放在門把上，想起第一次遇見珍妮時，她問我：我可以信任妳嗎？

我把眼睛緊緊閉上。

要是我走進去，遇到超乎我所能理解的事物呢？

我轉動門把，走了進去。

房子空蕩蕩的，很安靜，我感覺到一股令人難以招架的盼望，彷彿房子也在思念珍妮。我在那種感受中奮力前行，走過盛裝了鄰居烹煮好的餐點的玻璃烤盤、檯面上一組喝到一半沾有口紅的瓷杯，還有空氣中薰香與過期食品的味道。

我命令自己的雙腳爬上樓梯，走到珍妮的房間。

我走進去時，地板發出了咯吱聲。我可以看出，她在暑假後又整理了不少。她的書桌上擺滿了金蔥筆、閃亮的圖書館書籍以及看起來像迷你小行星的隕石。她在漆成紫色的牆壁上貼了兩張海報，穿著美國太空總署服裝的太空人面露微笑——海報上說，他們分別是梅．傑米森與焦立中。珍妮用膠帶把海報貼在牆上，是那種上面有卡通鴨圖案的可愛膠帶。

她的青蘋果床單皺皺的，好像她才剛起床，隨時都會回來。我看著這一切，在原地動彈不得。這個房間實在是太像珍妮了，既美妙又可怕。

凱思的聲音從對講機傳來：「妳找到了嗎？完畢。」

我嚇了一跳，把音量轉到最小聲。「凱思，別急，我才剛進來。」

「快一點，完畢。」

此時，英格莉的聲音也從對講機傳來：「我同意凱思說的，請快一點，我像個罪犯一樣站在外面。完畢。」

我說話時有點破音，希望她們以為那只是干擾噪音。「陳媽媽會在外面找珍妮一整天，但我也在努力加快速度了。」

我一邊說著，一邊開始動起來，翻找她的書架。

對講機又發出聲音。「妳必須說『完畢』。」凱思說。

我回答：「凱思，我說真的，妳要是一直害我分心，我就要把對講機關了。」

「妳敢！妳這樣是在剝奪我的樂趣，而且妳需要我。完畢。」

我不理她，打開衣櫃所有的抽屜，裡面除了衣物什麼也沒有。

對講機再一次發出聲音。「對了，妳還是沒有說『完畢』，完畢。」

我把對講機從口袋拿出來關了。接著，我檢查書桌的抽屜，還是什麼也沒有。

我檢查剩下的紙箱。裡面也是什麼都沒有，只有對佛州的天氣來說太過厚重的冬季大衣。

我往後退一步，環視整個房間，心想：如果我是一疊搜獵外星人的筆記本，會躲在哪裡？但是我什麼也想不出來。

一個可怕的念頭浮現在我腦海中：要是珍妮把筆記本一起帶走了呢？這是很合理的，她在搜獵外星人時可能會需要它們。倘若真是如此，那我們又來到一個死胡同了。

我顫抖著雙手，再次檢查衣櫃的抽屜，以防萬一，希望可以找到些什麼。

我跪坐在地上翻找她放褲子的抽屜，發現一件亮橘色的柔軟上衣被塞在後面。

那件上衣很眼熟，上面寫著：**外星人就在我們之中！**

是那件上衣。

我的心揪了一下，大拇指撫摸著磨損的棉質布料。我叫她別穿這件衣服時，我還以為她沒聽見。現在，我想像她把這件衣服塞到抽屜最後面，胸口不禁感覺被某個冰冷的東西凍傷。我還以為我是在幫她。

我盯著那件上衣，突然聽到身後傳來咯吱聲。我驚聲尖叫，跳了起來，轉過身子。

凱思大叫：「安靜！安靜！」她跑過來，用被汗沾溼的手掌摀住我的嘴巴。「妳真是史上最爛的間諜！」

我掙脫她的手。「妳跑來這裡做什麼？妳應該好好把風的！」

她聳聳肩。「妳說陳媽媽會出去一整天啊，而且妳把對講機關了，我很不爽。」

我搖搖頭。「凱思，妳這樣會害到整個任務。」

她開始檢查書桌的抽屜。「是嗎？妳到現在還沒找到筆記本，顯然需要我的幫助。」

「好吧。」我決定讓步，把手上的衣服摺起來。

她停下來，這才注意到我手上的東西。接著，她看著我的臉，好像在找什麼，雖然我不確定是什麼。她問：「妳還好嗎？」

我把衣服塞回抽屜，清清喉嚨。我得專心。「我只是擔心珍妮說不定把筆記本一起帶走了。」

凱思想了一下。「不可能。」

「要是她帶著筆記本以便查閱之類的呢？」

「那些東西太重了。她親手寫了筆記，所以一定知道裡面寫了什麼。」

我開始感到挫敗，因為凱思不可能確定這些事情。「或許是，但——」

她用一根手指點了點嘴唇。「假如妳有高度敏感的文件，妳會藏在哪裡？」

「我檢查了她的抽屜，可是——」

毫無預警地，她趴下來輕拍地板。她慢慢移動，用指甲摳每一個縫隙。

我說：「妳是認真的嗎？會在地板下面？」

凱思抬起頭。「妳是要批評，還是要幫忙？」

我嘆了口氣，在她身旁跪下來輕拍地板，好像在安慰地板似的。我真的感覺好蠢，但是突然間，其中一塊地板被我滑開了，露出一個暗櫃。

我低聲說：「天啊，凱思，妳說對了。」

在那個長滿蜘蛛網的小空間裡，正是一疊筆記本。

凱思爬到我身邊，說：「我就說吧！好酷噢！」

「我想，妳跟珍妮有相同的思考方式。」我拿了一些珍妮的筆記本，凱思把剩下的拿走，用腳將地板踢回原處。我們跑到窗前，一本一本往下丟給英格莉，她接住後把它們藏在樹叢中。但是，最後一本丟下去後，英格莉罵了一句髒話，躲進樹叢裡，跟所有的筆記本躲在一起。

凱思輕聲喊道：「妳在幹嘛？」

接著我們就聽到了。車道上傳來關車門的聲音，接著前門打開後又關上。

我和凱思定住了。

凱思輕聲說：「妳說陳媽媽會出去一整天。」我則同時說：「這就是為什麼我們需要把風的！」

樓梯傳來腳步聲，凱思往房門走去，但我把她拉回來。「不能從那裡出去，會直撞見她的。」

我們轉向窗戶。可是，我們在二樓。

凱思輕聲說：「可以用爬的。」

「呃……」我盯著珍妮房間窗下的樹叢，然後看著非常脆弱的排水管。「不用了謝謝。」

「妳寧可被抓到？」

凱思不等我回答，就跨過窗框，抓住排水管。她輕聲喊道：「快點！」

腳步聲越來越近了，我只剩下幾秒鐘的時間。凱思快速爬下排水管，我望向地面，視力時而模糊、時而清晰。假如我往下爬，我一定會昏倒或跌倒，或兩者都是，但是如果我繼續待著，就會被抓到。

我抓住窗框，準備跨過去，但是我全身都好緊繃。我絕對不要這麼做。

凱思已經下去一半了，腳步聲也來到房門口。

門把開始轉動，我大步跨越窗戶和床之間的距離，滾到床底下，在門打開時剛好滾到床墊下方。

有那麼一瞬間，一切都很安靜。唯一的聲音就是我的心跳聲，怦怦怦地在我耳邊響著，大聲到我相信珍妮的媽媽也有聽見。

她走進房間，地板發出咯吱聲。她停下來，站在衣櫃旁，我緊張得不得了。她知道了，她知道了，她知道了。

我看著她穿襪子的雙腳走到窗戶邊，然後又停下來。我突然意識到一件事。窗戶。窗戶原本是關著的，我們打開了。

我只能看到她腳踝以下的部位，但是在我腦海裡，我想像她伸出窗外，沿著彎曲的排水管往下看。我奮力地祈禱凱思已經爬到下面，祈禱她跟英格莉已經跑回我家，祈禱筆記本在樹叢裡藏得很好。

我數著心跳，一、二、三四五。

陳貝卡清了清喉嚨。她知道了。她的聲音很沙啞。

「珍妮？」她喊道。

我的心跳幾乎就要停止。

她不知道。

看見窗戶打開，她當然會想到珍妮。當然啊！這——這比被她抓到還要糟。我在不經意的情況下給了她希望，而那個希望是個謊言。

我能怎麼辦？我不能從床底下出來啊。

她走過來，坐在床墊上，床墊陷了下去。我盯著離我鼻子非常近的床框。

我摒住呼吸，一邊等待，一邊感覺難以忍受的恐懼。

她吸氣、吐氣，腳趾壓著木地板。

她的腳下有一個機關地板，裡面是一個祕密空間，現在已經空了。

我聽著她的呼吸，緩慢而參差不齊。

拜託別哭，拜託別哭。我靜靜地乞求陳貝卡，但是突然間，我也是在懇求自己。

突然間，我的體內積了好多淚水，壓在我的胸口。我想像我的心也有彈簧，因為淚水的重量而陷了下去。

我不知道這些淚水是從哪裡來的，但是我的胸腔因為想要啜泣而抽搐。我咬著臉頰，不讓悲傷流瀉。我怎麼會來到這裡？這在幾個小時前怎麼會感覺是個好點子？我躺在那裡似乎躺了一輩子，整個期間她都不知道。

她不知道我在這裡。她不知道我在努力找她女兒。她不知道我們剛拿走珍妮所有的筆記本。她不知道珍妮給了我一本，希望我閱讀、借用、理解。

她不知道**那件事**。

珍妮離家出走前幾天，我們站在那間廁所。我、蕾根和泰絲包圍著她，將她壓在牆上，讓她無處可逃。

我的胸腔顫抖了一下，每一束肌肉都僵硬不動，連呼吸也害怕，因為這些全都要爆發了。

過去 18

一切的結束就從那個震動聲開始。

功夫大對峙的幾天後，我和泰絲一起坐在餐桌邊等蕾根，因為數學資優班總是很晚下課。

泰絲說她在網路上找到一個性格測驗，裡面的某個數字或分類或類型之類的把她描述得很準，她不斷說服我去做做看。老實說，我超討厭那些性格測驗。我老是覺得我答題答錯，這讓我很崩潰，因為這些問題應該都很簡單才對，我應該要很懂我自己才對。

但，我還是點點頭，假裝我會考慮，然後我們聽見了那個聲音。我們兩個的手機同時響起，是群組訊息傳來的兩次震動聲。

泰絲先拿起手機，在我還沒來得及反應前就把手機從口袋掏出來。她開始大笑，用手摀著嘴巴。

我也拿出手機，終於把群組打開後，我感覺我的體內似乎有什麼動了一下，小小地裂開。

蕾根傳了一張珍妮上數學課的照片，距離她幾張桌子遠。她的運動服在腹部的位置鼓起，她正在揉眼睛，她的頭髮一團糟。

蕾根傳了一則訊息：**眞是邋遢**。

泰絲搖搖頭。「我們知道她已經沒救了，但她至少也該試著讓自己好看一點吧？付出一點努力之類的？」

我覺得看這張照片很不好，但是我還是看了好幾秒才把目光從螢幕上移開。我的心裡五味雜陳：害怕、愧疚，還有一些無法描述的感受。泰絲沒察覺到我的沉默，我把手機放回口袋，希望別再提起這個話題。

可是，蕾根幾分鐘後拿著餐盤在我旁邊坐下時，卻用手肘輕推我，問：「妳怎麼沒有回應？」

她的語氣很輕鬆，我知道她期待我加入這場遊戲，而我心中也有一部分很想要。我感覺自己被拉往她的方向，但是我試圖抵抗。

我騙她說：「抱歉，我沒看到妳傳什麼。」

泰絲往前靠。「呃，妳有啊？我們兩分鐘前才一起看的？」

蕾根瞪著我，我發覺自己在不經意的情況下選了一邊站。在短短的一瞬間，我在珍妮和蕾根之間選了珍妮，蕾根絕對不會原諒這點。因為，最好的朋友應該要互相支持，而不是評斷對方或讓對方覺得自己是壞人。

我沒有看著蕾根的眼睛，說：「抱歉我說錯了。對，還蠻好笑的。」

泰絲說：「最好笑的是，珍妮好像很崇拜自己？她一副很自大的模樣，真的超好笑的，因為她根本沒有自大的理由？」

我遲疑了一下。「我不知道她算不算自大。」

我以為蕾根會不高興，但是她卻充滿同情心地說：「瑪兒，別天真了。妳有看見她第一天看我們的表情嗎？她看妳的表情？她覺得妳很可憐，因為她覺得她比較優越。」

我咬著臉頰。那樣說也沒錯。自從她跟彼特的事之後，有一部分的我就一直在想：她是不是比較優越？

我沒有問出口，但是蕾根從我臉上讀出我的心思。「瑪兒，沒有人有權讓妳那樣想。我們愛妳原本的樣子，妳不需要改變。」

我的眼睛因為感激而刺痛，但是我眨眨眼，不讓淚水掉出來。這就是好朋友啊。

最後，我說：「珍妮只是活在不同的星球上罷了。」我不知道這是稱讚還是侮辱。「她需要有人把她帶回地球。」

蕾根笑了。「一點也沒錯。」

我以為這件事就這樣結束了，但是隔天，泰絲傳了另一張照片到群組。那是在體育課上照的：珍妮滿身大汗，頭髮黏在臉頰上。

突然間，這個玩笑變成一股力量，跟重力一樣難以阻止。

在接下來幾個星期，每當我們看見珍妮，我的朋友就會偷偷拿出手機，試圖捕捉她最慘的一刻，拍下她最醜的照片。

傳照片的大部分都是蕾根和泰絲。

但是我也有傳一點點。

我第一次拍下珍妮的照片時——那時珍妮正在走廊上奔跑，上課快要遲到，完全沒發覺自己的背包和姿勢讓她看起來像隻飛奔的烏龜——那種翻攪內臟的感覺變得更強烈了。

突然間，我知道那個無法描述的感受是什麼了。

如釋重負。

因為，在那短暫的時間裡，我不再擔心自己了。一直去想別人怎麼看我，是一個難以承受、揮之不去的重物。但是現在，在那短暫的時刻，我自由了。

蕾根教我的所有招數之中，這一招最有用。

我知道這是不對的，但是這會讓人上癮。而且，我不覺得珍妮會知道這些，畢竟我們只有傳到我們的私密群組。我們沒有儲存或截取那些照片，所以我想，如果這樣做沒傷到誰，或許我就沒有造成傷害。

現在 19

事情有可能更糟，但是並沒有。

珍妮的媽媽沒發現我在床底下，又再次出門了，我在爸媽醒來之前及時跑回家。整體而言，我、凱思和英格莉成功了，拿到了我們需要的東西。

但是，我感到驚魂未定。

這是真的。珍妮的媽媽很受傷，珍妮有可能也是。

現在，午餐時間終於到了，我在學校的走廊走著，準備前往禮拜堂，背包因為裝了珍妮的筆記本而沉重不已。就在這時候，我撞見蕾根。

「呃，哈囉？」她半笑半說。

「噢，嗨。呃，我有事要趕去完成。」我試著繞過她，但是她擋住我的路。

「妳不去吃午餐嗎？」

我從來沒有缺席跟泰絲和蕾根的午餐，那通常是我一天之中最喜歡的時刻。

我騙她說：「其實，啊，我正要去圖書館。我得完成一些……自然課的作業。」

她皺起眉頭。我們沒有上同一堂自然課，但是我們的作業向來都是一樣的。「什麼？學習單嗎？妳可以在午餐時抄我的。」

「不要。」我說，盡可能拉長這幾個字，等待大腦想出另一個謊言。我們的四周貼了一些手繪海報，上面寫著：「**我們愛妳，珍妮**」和「**珍妮，快回家！**」

蕾根順著我的目光看去，翻了翻白眼。「對啊，大家都在做那些標語，好像他們很在乎，但我覺得他們只是愧疚罷了。」

我不知道她這麼說是針對我，還是只是隨意說出心中的想法。

我不舒服地挪動一下背包，蕾根瞄了一眼。她不可能知道我的背包有什麼，但是不知為何，我感覺她似乎能感應到珍妮的筆記本。

她說：「妳最近好奇怪。」她的語氣既擔憂又帶有責備的意味。

我說：「對不起。」我是真的很抱歉。我只想要跟她和泰絲吃午餐，假裝這一切從來沒發生，感覺一切都很好。如果我願意，或許辦得到。

可是，那樣做不對，因為珍妮還沒回家。我的心揪了一下，不知道我是不是永遠都得在正確的行為和美好的感覺之間做選擇。

我說：「我……得走了。」

我轉身準備要走，她喊道：「瑪兒，等等！」

有幾個學生在走廊上經過時看了我們一眼，蕾根趕緊擠出笑容，告訴全世界：一切都很好。但是在我看來，那個笑容說的是：我很不好。

她走上前，壓低聲音。她的笑容動搖了。「我需要妳，我覺得我好像要失去妳了。」

我想待在她身邊，讓她的擔憂統統消失，就像最好的朋友應該做的那樣。但是，我想不出該說什麼。除了珍妮，我想不到任何東西。

我告訴她：「妳不會失去我。」我不曉得那是不是另一個謊。

這次，我在她有機會回答之前就離開了。

禮拜堂的音控室很擠，一邊是一張放置所有聲音和燈光控制臺以及學校廣播系統的長桌，另一邊是一張空蕩蕩的書桌和四把椅子。我到達時，凱思和英格莉已經擠在控制臺邊緣，幾乎沒有空間容得下我。

唯一讓這個房間不令人感覺窒息的東西，是面向禮拜堂的大玻璃窗，但是現在，我真希望不要有那面窗戶。雖然禮拜堂一直都是開放的，但是來到這裡感覺不太對。

沒有任何人在的時候，來到這裡感覺有點詭異。

我轉身背對窗戶。

我問：「妳們有找到線索嗎？妳們看得出來有人設定了那次大會出現的訊號嗎？」

凱思咬著指甲。「我試圖找出有人亂搞的跡象，但是什麼也找不到。感覺完全沒有人來過這裡。」

我吸了一口氣。「這感覺更有可能是外星人了。」

英格莉眉頭深鎖，好像她不想相信，但是或許開始有一點點相信了。她說：「如果是這樣，那我們最好開始動工。」

我從背包拿出筆記本，攤在空無一物的桌面上。接著，我們一人拿一把椅子，選一個筆記本，開始閱讀。

凱思翻閱第五冊，說：「這有……好多資訊。」

我翻看珍妮的研究和理論時，試圖避開珍妮寫到自己生活的那些段落。閱讀那些東西讓我感到……很不舒服，有罪惡感。她的筆記本非常私密，那些內心想法不是我該窺看的。

英格莉認同地說：「資訊確實很多，但是這些都不是近期寫的，最新的條目是來自去年。妳們在她房間有找到更新的筆記嗎？」

我想起珍妮讓我借閱的那一本，那是最新的一冊，藏在我的床下。我很快地說：「沒有，但我確定我們可以在這幾本找到需要的資訊。」

凱思皺起眉頭。「可是，她如果是因為有了重大的突破所以才離開，不是應該會寫更多東西嗎？我們不用知道她離家出走的確切原因嗎？」

我堅持地說：「我們擔心她跑去哪裡就好，不要管原因。」

凱思好像想要反駁，但英格莉插嘴了。

「妳們看，珍妮抄錄了一個說自己被外星人綁架的女子所說的話：『我像是靈魂出竅，無法逃離，就算我想逃也沒辦法，但是我不想逃。我的身體飄浮在一片亮光中，我能看見整個世界、我的整個人生，我不是一個人。』」英格莉把頭歪向一邊。「那聽起來不像綁架。」

凱思指著另一個條目。「這個呢？這個人說他被一道閃電吸到天空中。」

英格莉皺起鼻子，我則忙著閱讀另一冊，沒有做出評論。珍妮記錄了目擊飛碟和被外星人綁架的故事，關於為什麼某些人會看見這些東西，她有很多想法。

她寫道：

或許有些人就是比別人更理解這個世界，或者有些人需要理解某些事情，所以外星人試著告訴他們。

我感覺越來越不自在，所以我跳過那幾頁，最後找到有關51區的條目。

我把筆記本推給凱思和英格莉，說：「她認為外星人來這裡是要關閉武器工廠。」

凱思快速掃過一遍，然後唸出來：「『幾乎所有的飛碟目擊事件都集中在軍事區域，而且通常是有核武測試設備的區域。』」

英格莉遲疑了一下。「如果目擊事件通常靠近這些地方，我們就得考慮人們看見機密軍事武器、但卻誤以為那些是外星人的可能性。」

我說：「或許他們看到的是機密軍事武器，但是那無法解釋其他徵兆。」

我們面面相覷。

我輕聲說：「如果這都是真的呢？」

凱思深吸一口氣，英格莉輕敲手指。

凱思說：「我不曉得。」

我們所能給的最好答案就是這個，讓我十分氣惱。我回去看珍妮的筆記，答案就在裡面，一定是的。

我翻過一頁又一頁，速度越來越快，雖然我也不太知道我在找什麼。

接著，在第六冊的最後面，我找到這個標題：對的號碼。

我喃喃地說：「天啊。」

凱思和英格莉靠向我，我摒住氣息、心跳加速，指著珍妮的文字，唸出來：

「『我辦到了，我終於解開了。』」

第51條 對的號碼

我辦到了！我終於解開了！

1420百萬赫。這是氫原子製造出來的頻率。大爆炸創造了所有的氫原子，這表示氫氣打從一開始就一直存在於所有的地方，不管外星人跟我們有多麼不同，我們都有氫氣這個共通點。

所以，我們也都擁有這個頻率。

1420百萬赫。

搜尋地外文明組織發送訊號時，就是使用這個頻率。所以，我也要這麼做。我要使用跟科學家一樣的號碼，當然是這樣！

我會成功，因為我不怕去相信。

知名科學家卡爾・薩根曾經說，全宇宙的星星比地球上所有的沙粒還要多。那是很多很多的星星！因此，外太空出現智慧生命的機率極高。

所以，我有一個問題：為什麼人們這麼害怕去相信呢？

現在 20

英格莉複述珍妮筆記上所寫的：「1420百萬赫。」她轉頭問凱思：「妳可以把學校廣播調到那個頻率嗎？」

凱思咬著指甲。「我可以試試看，這個廣播系統理論上是要在460百萬赫使用，如果我調得更高，它不會在學校的內部通話裝置播放出來，但是我不確定能不能通到外太空。」

凱思的不確定感沒有消除我們的希望。我們跑去控制臺，看著凱思輸入數字和轉動旋鈕。

最後，她說：「好了，我調好了，我們要說什麼？」

我停頓了一下。我們一直在尋找對的號碼，卻完全沒想過對的訊息是什麼。

英格莉說：「他們不太可能聽得懂英文。」

我承認：「沒錯，但是或許我們還是可以試試……『嗨』？」

凱思聳聳肩。「那很簡單。」她靠向麥克風，用她所能裝出最戲劇化的廣播腔說：「嗨。」

我們摒住氣息。幾秒鐘過去了。

我輕聲問：「現在呢？」

英格莉說：「等待。」

於是我們就等了。我們瞪著機器整整五分鐘，每一秒都變得越來越焦躁。

英格莉說：「應該會出現延遲。」沉默了這麼久，她的聲音聽起來好大聲，害我有點嚇到。「訊號傳遞到外太空會需要一些時間，如果他們回傳訊息，訊息也得傳回地球，需要更多時間。」

我說：「好的。」又過了幾分鐘的時間。

凱思說：「或是這個無線電的訊號不夠強。」她彷彿覺得只要解釋得夠好，一切就沒問題了。「廣播訊號理論上只能涵蓋校園本身，要傳到外太空是很大的要求。」

英格莉點點頭，但我忍不住認為這是我的錯，好像我不夠努力或不夠在乎。

我說：「珍妮說如果你希望外星人聽見你，你就得向他們證明你相信。她說你必須對全世界大喊，讓每個人都聽到。」

凱思眨眨眼。「那是比喻吧？」

「我很確定她是認真的。我去她家過夜時，她真的對天空大喊她相信。」

英格莉問：「妳想要這麼做？」

我遲疑了一下。「我知道這聽起來很怪，可是珍妮到目前為止都是對的。」

凱思把頭歪向一邊。「所以妳要幹嘛？走進餐廳大喊：『大家聽好了！我相信外星人的存在！』這樣？」

「或許吧。」

凱思和英格莉交換了一個眼神。

我問：「幹嘛？」

英格莉皺著眉頭。「妳不是很……妳也知道。」

「我不知道。」

停頓了一段時間後，英格莉說：「妳不喜歡做出改變，妳總是……大家做什麼就做什麼。」

「我才沒有。」我的眼前出現閃爍的光點，我往前靠，把手放在桌上。**那件事**從我腦海深處浮現。蕾根的話在我耳邊迴盪：妳以為妳是誰啊？

我說：「我才不是那樣。」

英格莉和凱思又交換了一個眼神，用好朋友的無聲語言交談。我彷彿在自己的身體外面，透過她們的眼睛觀看我自己。

但是，她們不懂我，她們不知道我是誰。

我拉了一張椅子到音控室中央，站在上面。椅子在我腳下晃了一下，我把雙手張開，突然害怕我會跌倒。

凱思的眉毛豎起來。「這是在幹什麼？」

我說：「我在做出改變，我相信。」

英格莉謹慎地說：「好，瑪兒，我們知道了。」

這不是在餐廳中央，我不是在對整個年級宣告，這裡就只有凱思和英格莉，而且禮拜堂的音控室有隔音。儘管如此，我還是覺得自己很突兀。

我說：「我要證明我的論點。」

英格莉說：「妳不必這樣，沒關係的。」

可是，這很有關係。我不想要成為她們以為的那種人。

我把雙手張得更開，再說一次：「我相信。」然後更大聲地說：「我相信外星人的存在！」

在禮拜堂的這個當下，我彷彿在挑戰自己相信某種東西，然後希望外星人或上帝或某種東西真的存在，回應我的挑戰。

在這短短的一瞬間，銀河裡的一切都互相連結，我感覺好龐大，好像我能充滿整個宇宙，而且這不令我害怕。

我的心跳得好大聲，有點期待另一個「哇！」訊號出現。可是，除了我體內的混亂之外，整個禮拜堂仍是空無一人，仍是安靜無聲。

「拜託。」我不由自主地說，哀求著某個東西。

但，什麼也沒有。

突然間，我覺得自己非常蠢。

我回想起珍妮的筆記：為什麼人們這麼害怕去相信呢？珍妮，或許那是因為被證實自己是錯的是一件超級無敵丟臉的事。

我覺得自己在顫抖，又太過清楚地意識到凱思和英格莉投向我的眼光，於是便準備爬下椅子。

凱思說：「等一下！」她一開始有點嚇到，好像本來不想說什麼的，但是接著，她也抓了她的椅子，拉到我的椅子前面，然後站在我旁邊。「我也相信外星人的存在！」

我問：「妳在幹什麼？」我有點認為她在開我玩笑，但是她聳聳肩。

「我在展現團結心。而且如果我們需要這麼做才能聯繫外星人，那麼……」她尖銳地看向英格莉。

英格莉吐出一口氣，有點像在笑，有點像在嘆氣。「好啦，好啦。」接著，她也拉了一把椅子過來，站在上面宣布：「我不見得真的相信，但我願意接受外星人存在的可──」

凱思斥道：「英格莉！」

英格莉雙手一攤。「我想說外星人會欣賞誠實的人。」

「但是妳覺得那樣說他們會有什麼感覺？」

英格莉點點頭，好像這個論點很有道理，於是又改口說：「好吧，基於我們目前的處境，我決定相信可以跟外星人接觸這件事。或許只是短暫的，但我確實相信。」

我看著她們，赫然發覺我們三個在一個擁擠不堪的小房間中央站在椅子上對外星人大叫的景象有多麼滑稽。我爆笑出聲，停不下來。

凱思問：「怎麼了？」她也露出笑容。

我坦言：「我沒預料到會這樣。」

接著，她們兩個都咧嘴笑了。我把雙手打得更開，叫道：「**我相信外星人的**

存在！」

凱思叫得比我更大聲：「**我也相信外星人的存在！**」

英格莉跟著附和：「**我也短暫相信！**」

我轉向她們，補充一句：「**我們一定會找到外星人！**」

我咧嘴而笑，感覺超怪異，但卻是開心的怪異，彷彿這是我所做過最丟臉、最害臊的事情，但是我一點也不在乎。這感覺很棒、讓人輕飄飄的，而且我是跟我的朋友一起做。

或許，我不像自己以為的那樣容易受驚、緊張；或許，我是一個全新的人，毫無畏懼；或許，別人沒有看見這樣的我也沒關係；或許，只要我看見我自己是這樣的人就夠了。我幾乎感覺自己飄在空中，超越我所有的愧疚與擔憂，而我，就只是我。

然後，英格莉的眼睛瞥向我身後，笑容立刻從她臉上消失。凱思的目光落在同一個點，她趕緊爬下椅子。

我非常緩慢地轉過身，看見泰絲一個人站在禮拜堂。她透過窗戶瞪著我們，臉上混合了令我相當不安的神情，包括不屑和欣喜。

我的臉頰馬上發燙，我開始冒汗。我想要跳下去，躲在這張椅子下。

我靜靜地哀求泰絲：走，拜託妳走。

我真希望我能用意志力趕走羞恥感。我剛剛是這麼自由地對著全世界大喊，要這個世界看見我。但是現在，我不知道怎麼回到剛剛，而我也終於認清第一次看見珍妮對天空大叫時，我心裡的感覺是什麼。

我很羨慕。我很羨慕她能這麼自在地活著，因為我不知道我有沒有辦法牢牢抓住那種感覺。現在的我還是不知道。

泰絲走到音控室，敲了敲門。我、凱思和英格莉面面相覷、靜靜慌張，最後決定，不理她是沒有用的。

凱思讓她進來。

「呃？」泰絲一進門就問。至少，她一針見血，不是問：妳們是誰，對瑪洛麗做了什麼？而是用一個字就表達出同樣的效果。

凱思瞇起眼睛，我搶在她說話之前就先回答。

我盡可能以正常的聲音說：「嘿，泰絲，妳在這裡做什麼？」

她說：「禱告啊？」彷彿我問了一個蠢問題。「下一堂課開始前還有幾分鐘，所以我來這裡為珍妮禱告？」

聽到泰絲說她為珍妮禱告，我很驚訝。或許她比我以為的還要在乎。

「那……很好。」我的手腳似乎終於恢復運作，於是我爬下椅子。「不過，呃，我們差不多該準備去上課了。」

「所以，妳相信外星人的存在？」泰絲皺著鼻子，好像可以聞到我的怪異。「這也不令人意外，畢竟妳總是相信錯誤的事情。」

我的內心湧起一股恐懼。我以為這個房間有隔音效果，但或許用盡全力大吼的時候，隔音也起不了作用。

我不加思索地說：「大喊相信外星人只是在開玩笑。」但我馬上就後悔了。我想要抓住自由的感覺，但是它很滑溜，逃出了我的掌握。

泰絲複述道：「玩笑，當然是玩笑囉。」

這天結束之前，每個人一定都會知道這件事。我不如一開始就向全校廣播。

我只希望泰絲離開，但是她卻往前走了一步，然後我才為時已晚地想起桌上放著的東西。

我作勢要把筆記本推開，但她已經看見封面上寫的字：**《陳珍妮的宇宙指南》**。

她的眼睛瞪大了一秒鐘，接著露出恐懼感，然後又瞇了起來。「瑪兒，妳到底在做什麼？」

凱思說：「跟妳沒關係。」我嚇了一跳，差點忘了凱思和英格莉在這裡。

泰絲說：「呃，凱思，這其實跟我有點關係？所以妳最好閃一邊去。」

英格莉瑟縮了一下，凱思則只是嘆了口氣，不理會泰絲威脅的口吻。

我告訴泰絲：「放過她吧。」

她來回看著我們三個，我看見她默默把線索拼湊起來。「妳們三個在找珍妮嗎？」

我不知道如何隱瞞，所以坦言：「呃……對。泰絲，我很在乎這件事，妳沒有嗎？」

我在她臉上尋覓愧疚或擔憂的神情，但是我讀不懂她。

我開始懷疑自己究竟有多了解泰絲——我以前認為我懂她，是不是因為這樣讓事情變得比較容易？她總是能讓我躲在後面。

泰絲翻了翻白眼。「我顯然也很在乎，所以我才會來禱告？」

「可是，如果我們除了禱告，還能做更多呢？如果我們能——」

泰絲把手交叉在胸前，瞄了筆記本一眼。「我只是覺得妳們不應該捲進這件事？」

我想要告訴她，我早就捲進來了，而她也是，但是我不希望凱思和英格莉問任何問題。我不希望她們知道我們做了什麼。

我跟泰絲四目相接。

我告訴她：我不會告訴任何人那件事。我可以不說一句話就傳達很多訊息。

泰絲深吸一口氣，緊繃的肩膀放鬆了一點。她說：「我不知道妳是怎麼了，但是如果妳想加入某個詭異的珍妮粉絲團，那就隨妳了。」

我說：「好。」在我體內流竄的腎上腺素已經轉變成劇烈的頭痛。

她轉過身，好像要走了，接著又一派輕鬆地說：「如果妳想知道更多關於珍妮的事，何不去問彼特？」

英格莉喃喃地說：「我覺得彼特知道的不會比我們多。」

「是嗎？」泰絲藏不住她聊八卦的笑容。「因為我從艾瑞卡那裡聽到，凱爾跟她說，彼特超級暗戀珍妮。」

我想到蕾根，不禁脫口而出：「他有暗戀的人？是珍妮？不可能。」

英格莉小小地冷笑了一聲，泰絲聳聳肩。「但是，別說是我說的。」

我很想問蕾根知不知道，但我不想給泰絲那種滿足感。

泰絲繼續說：「而且，艾瑞卡看見他放學後跟珍妮說話，就是管弦演奏會那一天。」

我眨眨眼。「妳之前沒想過要告訴我？」

「呃，妳最近有點忙啊？」她指向凱思和英格莉，表情似乎有點受傷。

凱思往前一步。「妳是說，這件事就發生在珍妮離家出走前？」

泰絲聳聳肩。「艾瑞卡是這麼說的。」

我、英格莉和凱思互相對看。

我緩緩地說：「如果是真的，那麼彼特就是最後一個見到陳珍妮的人。」

21

在最後一堂課之前，我們有十分鐘的休息時間可以換教室，我、凱思和英格莉決定在這個時候找彼特聊聊。

所謂的「聊聊」，其實是指凱思在置物櫃前堵他，然後把他拖到樓梯間。

我看得出來英格莉對這一切感到很不舒服，畢竟她被彼特霸凌過，所以我覺得這也難免。

總之現在，我、英格莉和凱思被迫跟他一起待在樓梯間。或者應該說，他被迫跟我們一起待在樓梯間，因為門一關上，凱思就用各種問題轟炸他。「珍妮失蹤那天，你對她做了什麼？你是不是對她很壞？你是不是說了什麼，逼得她離家出走？」

這樣想很糟，但是我幾乎希望彼特真的說了什麼傷害珍妮的話，因為這樣我就不是唯一一個。

彼特舉起一隻手，好像想讓我們不再逼近。「冷靜一點，妳們不用這樣拷問我，我當時只是在問珍妮一些事情。」

「我們需要你告訴我們那些事情是什麼。」我明白地說，試圖讓語氣冷靜一點，雖然考量到當下的情況，那實在有點難。

「啊。」他瞪著我們，驚嚇之餘還有一點迷惘，好像他是電視劇的主角，而我們這些配角卻突然脫稿演出。「為什麼？」

我吞了一口口水。應該是我們要從彼特身上獲得資訊，不是反過來。

但是在我這樣告訴他之前，英格莉就坦承：「我們在找她。」

我跟凱思轉過去給英格莉一個「妳在搞什麼？」的眼神，但是她卻低頭看自己的手。「幹嘛？反正泰絲知道了，他很快也會知道。」

彼特的表情從戒備變成驚訝。「妳們在找她？那是什麼意思？」

凱思說：「就是字面上的意思。」

彼特皺起眉頭。「妳們知道我爸和警方正在進行全面搜索，對吧？」

凱思說：「我不信任警察。」

彼特氣憤地說：「他們發出了失蹤兒童警報，也有訪問她的媽媽和老師，還在臉書等地方發文。他們盡了自己的職責。」

「可是，他們有訪問你——最後一個跟珍妮說話的人嗎？」

他一副理所當然地說：「沒有，因為我跟這件事無關。那一點也不重要。」

凱思咬緊牙關。「重不重要不是你來決定的，你知不知道隱瞞資訊是多嚴重的事？」

我眨眨眼。彼特的注意力在凱思身上，凱思的注意力在彼特身上，英格莉的注意力在她的雙手。沒有人在看我，這樣很好，因為凱思的話讓我感到暈眩。

要是她知道我隱瞞了什麼，她會說什麼？

彼特說：「我們的談話內容……跟她離家出走一點關係也沒有。」他挪動了一下，補充道：「不過，倒是有另一件事。」

答案感覺就在我們面前，差一點就能碰觸到。我們難以克制——我、凱思和英格莉全都往前靠。

彼特張開嘴又閉上，然後接著說：「但是，我不應該跟任何人說的。」

我想像有一顆星星不斷擴張，越來越亮、越來越熱，就快要爆炸了。我奮力克制自己的挫敗感。「彼特，珍妮失蹤了，拜託你能不能試著幫幫忙？」

彼特看著我，彷彿我長出獠牙。「妳也不用氣成這樣。」

他不知道我有多努力在抑制我的怒氣。他不知道我想吼得多麼大聲。我毫不退讓：「快告訴我們。」

彼特看著我們三人，好像在評估逃跑的可能。然後，他嘆了口氣。「幾個星期前，她問我能不能想辦法讓她進入當地的廣播電臺，所以我就幫了她。」

我轉頭看我的朋友，凱思的眼睛瞪大，原本一直想跟牆壁融為一體的英格莉站直了一點。無名鎮的廣播電臺位於商場內，離這裡開車只要十五分鐘。

我說：「如果珍妮進去電臺裡，那可能表示她成功聯繫到外星人。」

我沒刻意對彼特隱瞞這件事，因為我實在太興奮，管不了這麼多。

彼特尷尬了一下，說：「呃，好，總之，我想說她可能會回去那裡，所以她離家出走的隔天，我去了商場一趟。我覺得我好像有看到她，但是後來她就不見了，我還找了監視錄影畫面來看。」

凱思問：「你找了監視錄影畫面來看？怎麼辦到的？」

彼特聳聳肩：「商場的警衛認識我爸，他們很喜歡我。我們看錄影畫面看了一下子，後來看到一個女生出現在畫面上，我就跟警衛說：『暫停！就是她！』」

我輕聲說：「天啊。」

彼特點點頭。「是啊。可是警衛把影片暫停後，我才發現那不是珍妮，而是某個日本女孩。」

英格莉瑟縮了一下，凱思哀號了一聲，我體內燃燒的星星燒得更旺了。那一瞬間的希望就這樣破滅了，只因為彼特看不出亞洲人的差異。我說：「她是中國人，我們並不是全都長得一樣！」

凱思對我挑眉，我花了一秒鐘才意識到，我好像從來不曾提起自己是亞洲人這件事。我臉紅了，等著接下來會浮現的羞恥感，但是它沒有出現。

彼特舉起手。「哇，我知道啊！我只是真的以為看見她了。」

我咬牙切齒，不太知道自己為什麼這麼生氣。

英格莉清了清喉嚨。她已經沉默了一段時間沒說話，但是現在她挺直身子，說：「好，你沒在監視器上看到她，但是回到廣播電臺……她去那裡究竟做了什麼？」

「我不知道。她進去一間沒有人的音控室操作控制臺，我在外面等。她說她對那些科技很有興趣。」他停頓了一下。「妳們認為這跟她離家出走有關？」

我根本懶得回答這個明顯的問題。「你們怎麼進去的？」

彼特抬高一邊的肩膀。「我爸跟電臺老闆是朋友，所以我認識那裡很多人，他們很喜歡我。」

凱思深深吸了一口氣。「你知不知道你的人生有多輕鬆？」

彼特咧嘴而笑。「只要對人友善就好了，說說笑話。」

「是啊，如果爸爸是警長的話。」凱思看起來想要殺了他，但那會帶來很大的問題，畢竟他爸確實是警長。所以，我趕緊插嘴。

我說：「我們失陪一下。」我抓著凱思和英格莉的手腕，走出樓梯間。我們四周的走廊上都是學生。通常，大家都不會理我們，但是今天，有幾個人看向我們、竊竊私語。看來泰絲已經把話傳出去了。

我不理他們。

我輕聲說：「我不信任彼特，但是如果他能帶我們進去電臺，那可能是找到珍妮的唯一辦法。」

凱思點點頭。「我同意。」

英格莉抱著肚子。「去年彼特那樣對我，真的很糟。我不希望他又再次……」

我知道她的意思，彼特真的很可怕。

但是接著，我想起了珍妮和她相信的外星人，世界擴張成為整個宇宙，有著無窮的星星、星系和空間。當你這樣一想，彼特其實真的很小很小。

我保證：「我們不會讓他那樣對妳，而且在萬物的偉大設計之中，彼特是那麼渺小！是妳給他力量，他才會有那些力量。」發覺這一點讓我輕飄飄的。

然而，英格莉的眼神閃過一絲不悅。「他跟我比起來一點也不渺小。我沒有給他任何力量，有些人就是有力量。彼特會有力量，是因為他爸是大人物，他有很多朋友，而且他很……高大？如果你不受歡迎，他就會用那些力量讓你過得很慘。」

我遲疑了一下。我知道他用他受歡迎這點讓她過得很慘，我也知道他曾這樣對別人。但，也有一些事情是我所不知道的，例如有些人真的就是有力量嗎？還是，他們的力量是別人給的，或他們從別人身上奪走的，或兩者皆是？一定要有某些人願意跟隨，其他人才能領導吧。

然後我又想：一個人需要多少人跟隨才能變成領袖？若有人決定不跟隨呢？那很重要嗎？還是說，會有別人等著填補空出來的位置？

我吞了一口口水。這就是知識好奇心的問題——它把事情變得很複雜。

我說：「如果妳不想讓他介入，我們可以想別的辦法。我們可以到電臺，我會大喊外星人之類的，讓電臺的人分心，妳們兩個就溜進去，我們靠自己找到珍妮。」

凱思對我微微點頭，我感覺到肩膀放鬆。

英格莉瞄了一眼天空，然後嘆了口氣。「好吧。」

她不等我們回應就拉開門，看見困惑不安的彼特。她深吸一口氣。「好，帶我們進去電臺。」

22

彼特按了電臺的門鈴，讓我們進去。

他說：「跟我來。」接著他便大搖大擺走到櫃臺，一副欠揍的自信樣子。

我、凱思和英格莉請媽媽今天放學後載我們到商場，由於她依然很開心我可能交了新朋友，所以沒問太多問題就同意了。彼特家離商場只有幾分鐘路程，所以他直接在那裡跟我們碰面。現在，我們只能仰賴他帶我們進去。

彼特露出笑容，前臺的小姐就融化了。「嘿，茱恩，妳還記得我上禮拜的英文課作業嗎？觀察工作場合的那個？」

她的眉頭因擔憂而深鎖。「你跟陳珍妮一起來的，對吧？你現在怎麼樣？」

「不太好，我很擔心她。」我驚訝地發現，彼特聽起來很真誠，我開始認為他或許是真的關心珍妮。

茱恩點點頭。「我們都是，寶貝。我們有在廣播上公布消息，我也傳了訊息給佛州各地的親戚。我的家族人數很多，大家都在找她。大家都在禱告。她一定會平安回來。我們不會讓諾威爾的人受到傷害的。」

我咬著臉頰。

彼特清清喉嚨，看起來有點衝擊。「當然。不過，呃，關於那個作業，我在想我的其他組員是不是也能來觀察？」

「那當然，甜心，我很樂意幫忙。」茱恩站起來，示意我們跟著她走。「你們想不想跟電臺主持人說話？」

凱思回答得有點快：「不，不用了。」

就在茱恩的笑容消退時，彼特清清喉嚨。「這個作業希望我們做的是靜靜地觀察，不是訪問。我們甚至希望妳忘了我們在這裡。」

彼特的魅力不知怎地奏效了，茱恩的疑心消失了。她帶我們到咖啡機旁邊的一張小桌子。「現在你們可以在這裡好好觀察，只要別碰任何東西，就沒事了。」她轉頭對彼特說：「替我向你爸爸問好。」

我可以感覺凱思在忍著不翻白眼，但是這奏效了，茱恩離開了，其他人都在忙，沒有人管我們。我還以為廣播電臺會很酷，結果其實就只是個辦公室。一個大部分空蕩蕩的辦公室。

我掃視一圈，看見角落有一個音控室，雖然幾乎容不下我們四個人，但是那裡有無線電控制臺，而且沒有人，是我們所需要的。

我指著那裡說：「那個。」

英格莉認可：「很完美。」

彼特清清喉嚨。「茱恩有說不能碰任何東西。」

凱思嘆了口氣。「現在不是講道德的時候，彼特。」

他哼了一聲。「好吧，冷靜一點。」

我們不太希望彼特在這裡，但是我們也不知道怎麼擺脫他，所以當他跟著我們進去音控室時，我們什麼也沒說。

凱思和英格莉坐在音控室的兩張椅子上，我和彼特則在她們身後尷尬站著。她們馬上開始做事。凱思一下按按鈕、一下轉旋鈕，做了所有茱恩叫我們不要做的事。英格莉拿出手機，搜尋傳遞訊息到外太空最好的方式。

英格莉對著手機皺眉，喃喃地說：「我需要安靜一分鐘。」她的左手手指不安地敲打桌面，我看得出來她很希望有耳塞。我總是認為塞耳塞是英格莉的怪癖，但是現在我懂了。有時候，別人的意見實在太大聲，你無法聽見自己思考。

彼特輕聲問：「她們在幹嘛？」

我回他：「安靜一點。」

他安靜了大約十秒鐘，又問：「沒有人要解釋現在發生什麼事？」

凱思也說：「安靜一點。」

他搖搖頭。「真是怪異。」

我很挫敗，我很害怕，我像一顆燃燒的星星。「你曾不曾感到愧疚？」

他誇張地眨眨眼，彷彿我是地球上最令人不解的人。「愧疚什麼？」

「愧疚自己霸凌別人。」平常我不會問這種問題，但是我想，我已經不再跟平常一樣了。

英格莉總算得到她想要的安靜環境，因為現在每個人連大氣也不敢喘一聲。

我看向英格莉，雖然她背對著我們，但是她的肩膀很僵硬。

彼特看看凱思，好像以為她會站在他那邊。

她抬起眉毛：「你的確會霸凌別人。」

他笑出聲。「妳們瘋了吧。」

我逼問道：「卡波耶拉的事情呢？」

彼特抬起一邊肩膀，做出他一成不變的聳肩姿勢。「那只是開開玩笑而已。」

「你開的是珍妮的玩笑。」我不知道我希望他說什麼或想要他做什麼。

「嘿，大家現在對珍妮抱持各種看法，覺得她很脆弱之類的。我爸說，她一定是承受了很多她媽給她的壓力，或者她一定是個有創傷的小孩，學校的人也做出了各種評論。但是，我不認為她是那樣子。她總是有辦法不去甩那些事情，而我們在卡波耶拉的事情後就變成朋友了。那件事我沒有任何惡意，跟妳可不一樣。」

我感到一陣噁心。「什麼？」

「別裝了，那些照片啊？」

我吞了一口口水。「你怎麼知道的？」我試圖回想，照片只有我們知道，是傳到蕾根、泰絲和我的群組訊息呀。沒有其他人會知道才對。

原來，珍妮發現了，但我不知道是怎麼發現的。

凱思的臉皺了一下，她語氣還算溫和地說：「瑪洛麗，大家都知道。」

我瞄向英格莉求證，但是她整個人一動也不動，每一根肌肉都很緊繃。她沒有否認，我的心往下沉。

我轉向彼特，問：「是蕾根告訴你的？」

他聳肩默認。

「那，是你告訴珍妮的嗎？」

我們做這種事當然不對，但是他告訴她也不對，甚至可能更不對，因為那是為了殘酷而殘酷。我很想衝上前推他一把。

彼特舉起手。「嘿，冷靜一點，我沒有跟珍妮說任何事，我才不會捲入愚蠢的女生狗血戰爭。妳們女生總是喜歡在背後說彼此壞話，彼此傷害，我才不是這樣。」

「你可不可以**閉嘴**？」

我想像有一顆星星爆炸了，有那麼一瞬間，我還以為話是我說的，是我爆出光與熱。

但，說話的其實是英格莉。她站起來，雙手緊緊抓著桌子。連她自己似乎都對自己的聲音感到有點訝異，但她仍繼續說，強迫自己咬牙切齒說出心中的話。「彼特，你就是那樣！你沒有資格在學校傷害我之後，還說女生總是這樣。我真是**受、夠**、你、了！」

凱思瞪大眼睛，喃喃地說：「慘了。」

我想看看彼特的反應，但我無法把目光從英格莉身上移開。過去這幾天，我已經看出彼特的霸凌改變了她多少。這段期間，我一直以為新的英格莉只有壞的轉變，受到壓抑、容易驚嚇。

然而，現在這樣的她也是新的她，一點也不害怕。

當我終於轉向彼特時，他眨眨眼，彷彿第一次注意到英格莉。接著，他往後退了一步。「聽著，我又不是壞人，我跟妳們一樣想要找到珍妮，但是我可沒有打算被這樣攻擊。我幫了妳們這麼多，妳們卻這樣回報我，我不幹了。」

他打開門，轉過頭說：「跟妳們說，茱恩蠻愛多管閒事的，所以妳們最好快一點，她可能會過來關切。」接著他便走了出去，連門也沒關。

沉默了一會後，凱思說：「無線電都設定好了，我想我們需要一個把風的，我自願。」

我和英格莉有點……遲疑，凱思露出一抹微笑。

但她又故作嚴肅地說：「就當作我對上次的彌補吧，即使我這次沒有對講機可用。」她走出房間時，補充道：「英格莉？剛剛超酷的，妳超酷的。」

過去 23

珍妮不應該知道那些照片的，但是她卻發現了。

我們開始偷拍她之後，過了兩個星期，我、蕾根和泰絲在開始上課前站在蕾根的置物櫃旁邊，珍妮突然不知道從哪裡冒了出來。

她雙手握拳，下巴抬高，好像很強大又驕傲，但她其實在發抖。這件事本身就很糟了，但那卻不是最糟的部分。

最糟的部分是她的頭髮。

她剪了跟蕾根一模一樣的髮型，將瀏海剪得齊平。可是，這個髮型套在珍妮身上並不好看，讓她的臉變得更圓了。當然，泰絲早就傳了三張照片到我們的群組。

珍妮說：「我知道妳做了什麼。」我看著她把指甲掐進掌心，忍不住把臉皺起來。

她留那個髮型實在沒道理。我是說，她為什麼要學蕾根？她為什麼學了蕾根，然後跑來嗆她？

泰絲說：「珍妮，髮型不錯啊。」

珍妮臉紅了，但是她沒有看泰絲。她也沒有看我，而是直直看著蕾根。她又說了一遍：「我知道妳做了什麼。」

我想像珍妮那天早上站在鏡子前面瞪著自己，不斷重複這句話，直到她說得很完美為止。**我知道妳做了什麼。**

我真希望她在把泰絲和蕾根牽扯進來之前，可以先來找我。說不定，我們可以悄悄解決這件事。像這樣的嗆聲讓每個人都感覺很糟糕、很尷尬。她為什麼要讓自己經歷這種事？

蕾根拖長聲音說：「好哦。」她的嘴角上揚，有點像在賊笑。「我到底做了什麼？」

「有人告訴我，妳一直拍我的照片，沒有經過我的允許。」

蕾根哼笑一聲。「小珍，妳有點太戲劇化了。」

我瞄了泰絲一眼，想知道她知不知道是誰說的，但她看起來跟我一樣驚訝。

珍妮深吸一口氣。「妳到底有什麼問題？為什麼這麼壞？」

「我有什麼問題？妳才是沒什麼事就這麼激動。」蕾根看向我們，要我們支援她。泰絲笑了，我就只是站著不動。

珍妮發出詭異、不開心的笑聲。她的眼睛瞪大、神情狂亂，看起來很緊張，但是也近乎有種飄飄然的樣子，好像嗆聲讓她既害怕又興奮。現在的珍妮不一樣了，好像我們改變了她。

她說：「這才不是沒什麼事。我只想知道為什麼，妳為什麼這麼討厭我？」

「珍妮啊。」蕾根像彼特幾個星期前在全校面前那樣，把她名字的每一個音唸得清清楚楚。「沒有人討厭妳。妳以為全世界都繞著妳轉，但事實是，根本沒人在意妳。」

我好想消失不見。

珍妮瞪著蕾根。「妳真的純粹就是個差勁的人嗎？」

蕾根露出鯊魚眼神。

我希望蕾根消失，我希望珍妮消失。

我前進了一步，告訴珍妮：「妳就走吧，這不會讓妳有好下場的。」

我只是想幫她。

但是，珍妮卻看著我，罵道：「妳是個膽小鬼！」接著，她轉過身走掉，快到幾乎是用跑的。

她一離開聽得到的範圍，泰絲就咧嘴而笑。「是哦，她逃之夭夭，卻說我們是膽小鬼？」

蕾根的下顎抽動著，好像恨得牙癢癢的。「真有膽。妳們有看到她的頭髮嗎？」

「別管她了。」我的聲音聽起來很奇怪，好像來自很遠的地方。

蕾根說：「她學我欸。她先是搶走了彼特，現在又搶走我的髮型？說真的，她以為她是誰啊？」

我說：「我不覺得她搶走了彼特。」

泰絲瞇起眼睛。「妳到底站在誰那邊？」

我抬頭看她。泰絲比我高十公分，我常常忘記這一點，但是現在跟她一比，我感覺好渺小。「我當然是站在蕾根這邊。」

「我覺得看不太出來？」

我咬著嘴唇。

「妳看起來不是很忠心？珍妮剛剛攻擊蕾根，妳卻看起來一點也不生氣，而是很難過？」

我說：「我是很難過，替所有人難過。」

泰絲糾正我：「是替我們難過才對。」

蕾根翻了翻白眼，好像我的忠心令她無聊透頂，但我看得出她臉上的緊繃。「珍妮真是令人心累，她杜撰了這些謊言，好讓她的人生聽起來比實際上刺激，因為她無法面對現實。真是……可悲啊。」

我想起蕾根的媽媽和蕾根杜撰的謊言，這讓我感覺對她不忠。我對上蕾根的眼睛，她卻看向一邊。

泰絲認同地說：「那都是裝的，就是她假裝自己很古怪的那些行為？好像她與眾不同似的？」

我無法否認內心越來越龐大的不自在感。一切都惡化得好快，我甚至不知道怎麼會發生這些事。我好累，蕾根和泰絲讓人好累。

我說：「或許她真的跟別人不同，或許珍妮只是有跟別人不同的態度。那就是她，她就是喜歡卡波耶拉和外星人──」

我閉上嘴巴，試圖吞下自己說的話。

但，已經太遲了，泰絲瞪大眼睛。「等等，妳說什麼？」

「什麼？」我反問她，好像可以把過去那十秒刪除一樣。

「外星人。」蕾根緩緩地說，彷彿在細細品嘗每一個字。

泰絲笑了。不對，泰絲是在發光，她整個人樂不可支。聽到新八卦時，泰絲總是做出這樣的反應。「天啊，等等，妳說外星人！她會跟外星人聯繫之類的嗎？」

「泰絲，別這樣。」

我感覺到蕾根在看我，我看向她，她瞇起眼睛，想要讀我的表情。「妳為什麼要保護她？」

我厲聲說：「我沒有！我只是……沒有很確定，所以我不想散播不實的傳言。」

泰絲說：「那是當然。」

蕾根的聲音很輕，近乎溫柔，近乎……絕望。「瑪兒，最好的朋友之間不能有祕密。」

我想起跟蕾根一起過夜的深夜時光，那總是讓我好安心。但是最近，我們越來越少一起過夜了，珍妮改變了一切。

她們的眼睛盯著我不放，我含糊地說：「珍妮相信有外星人，但這其實不像聽起來那麼奇怪，她有很多寫滿證據的筆記本，其實還蠻──」

「證據？」泰絲的眉毛挑得老高。

蕾根瞇起眼睛。「說真的，那令人有些毛骨悚然。誰會想要相信外星人的存在啊？相信有某些滑溜溜的太空生物在監視我們的一舉一動？我可不想相信。」

我說：「那就像上帝一樣。」蕾根和泰絲瞪著我。

泰絲清清喉嚨。「呃……並不像，瑪洛麗，那不像上帝，那其實根本不像上帝？」

「對。」我不知道我怎麼會那樣說。「我不是那個意思。」

「上帝讓人感到慰藉，祂讓人感覺有更宏大的視野，外星人則讓人覺得……」

泰絲顫抖一下。「很噁心。瑪兒，他們讓人覺得很噁心。」

蕾根緩緩點頭。「很噁心，她就是那樣，整個嗆聲的舉動都讓人很噁心。」

「我不認為——」

蕾根打斷我。「我們不能讓她贏，我們得教訓她一下。」

我體內的一切瞬間被掏空了，感覺像行屍走肉一樣。

蕾根問：「她把筆記本放在哪裡？」

第4條 暗能量

你有聽過暗能量嗎？我沒有——直到今天。

基本上，我們所知道的宇宙只佔了整個宇宙的百分之十。恆星、行星、分子、原子，這些全都只是宇宙的一小部分。

剩下的百分之九十是由暗能量所組成，但這其實不是很準確的名稱，因為暗能量其實一點也不暗。暗能量是看不見、不可知的，我們不知道它是什麼，也不知道它如何運作。

我們只知道它會讓宇宙擴張。

假如一切都受到了重力——這是少數我們確定自己確定的事物——的影響，宇宙根本不會擴張，而是會不斷收縮，最後內爆，因為重力想拉近一切。反之，暗能量則把一切往外推。

科學家把宇宙形容成拔河，目前暗能量佔了上風。

仔細想想，這其實很瘋狂，因為外星人雖然沒什麼可怕，但是想到暗能量，我卻從頭到腳長滿雞皮疙瘩。

要是外太空真的有什麼恐怖的東西呢？想像一下！我們去外太空，期待跟好心的外星人交流，結果卻找到看不見的神祕力量，比重力還要強大的力量，而且我們完全無法控制或理解它。

我們全都在它的擺布下。

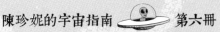

現在 24

凱思關上門不久，無線電發出干擾噪音，英格莉看著我。「就是這個，準備好了嗎？」

我瞪著控制臺，好像真的會有外星人衝出來似的。有一個專門用來調頻率的旋鈕，有人用奇異筆標出 180 百萬赫的位置，上面貼了一張手寫標籤：**不要超過這個數字**。

我們調到 1420 百萬赫，只超過了一點點。

我問英格莉：「妳覺得這樣機器會不會壞掉？」

英格莉說：「我確定不會有事的。」雖然她聽起來不是那麼確定。

「現在要做什麼？」

英格莉拉著她的十字架項鍊。「我沒什麼時間想好這件事，但是我覺得我們可以說一則簡短的訊息，然後再傳送一些數學符碼。他們顯然不太可能聽得懂我們說的話，但他們很可能會懂數學，畢竟數學原則適用於全宇宙。」

「也是。」我往前靠向麥克風，清清喉嚨。「呃，哈囉？外星人嗎？珍妮？呃，我們沒有惡意。」

英格莉點點頭，看起來有點不確定。「好，這個開頭很好。現在我要傳送斐波那契數列裡的幾個數字。」她找到一個喜歡的按鈕，開始敲打，按出一連串的訊號。

我問：「妳真的相信外星人知道斐波那契數列是什麼嗎？」因為我本人絕對不知道那是什麼。

她說：「在今天下午之前，我連外星人的存在都不相信。不過，斐波那契螺旋在大自然到處都找得到，就連星系也是，所以這應該是最接近共通語言的東西了。」

我們瞪著無線電控制臺，卻只收到噪音。

我問：「那麼……有沒有辦法傳送嗶嗶聲？例如三次嗶嗶聲？」

英格莉在控制臺上找了一個她喜歡的按鈕，按下去。一下，兩下，三下。

還是噪音。

我感覺眼睛後方出現一陣一陣頭痛的感覺，英格莉把音量轉小，讓噪音變成背景的嗡嗡聲。她說：「給它一點時間，我們也知道會有延遲。」

我點點頭。我們靜靜等待。那幾分鐘持續得好久，可以塞進好幾個星系了。

英格莉說：「珍妮是怎麼做到的？」她的聲音很小聲，在噪音之中我幾乎聽不到。

我以為她是在說聯繫外星人的事，但是她說：「他一開始也是霸凌她，就像對我一樣，但她卻逆轉了局勢，讓他喜歡她，而且是真的喜歡她。我是沒有希望他喜歡我，但是彼特做的那些行為讓我感覺好渺小。她是怎麼……又讓自己變強大的呢？」

「我不知道。」我也很想知道。珍妮常常有辦法讓別人喜歡她。

英格莉瞪著無線電，說：「我真的超生氣。」

我點點頭，雖然她沒有在看我。「彼特真的很糟。」

她說：「不是。我是氣每一個人，我也很氣妳。」

房間彷彿陷入一片真空。「可是我又沒有參與那些事，我什麼也沒做。」

「一點也沒錯。」英格莉雙手重重壓著桌面，好像她想要把桌子壓爛在地上。「我知道我們不是最要好的朋友，但我們還是朋友，不是嗎？可是，當每個人都對我很壞的時候，妳卻什麼也沒做。」

我吞了一口口水。終於，我知道她為什麼討厭我。不是因為我變得受歡迎。答案在我心裡慢慢沉澱，我只能眨眼。「但，我做什麼都不能阻止他們。」

英格莉停頓了一下。「我最近研究了很多關於外星人的東西。」她說，彷彿沒有改變話題似的。「有很多人相信，不明空中現象有可能來自外太空。」

我小心翼翼地說：「我找到的資料也是這麼說。」我不確定她為什麼講到這個，但是或許她認為把焦點放在外星人身上，比我們之間的過去還要重要。

「但是即使如此，那些人通常也認為不明空中現象可能是外星人的無人機，而不是外星人親自來造訪。就算外星人真的來造訪我們，也沒有很多人認為他們會介入人類的生活。」

我說：「珍妮認為他們會，她覺得外星人是來幫我們的。因為，他們都這麼辛苦來到這裡了，為什麼不想介入？」

英格莉仍然盯著發出噪音的控制臺，說：「或許是因為他們害怕我們，或者他們認為介入會帶來的傷害比幫助多，或者他們覺得自己不夠強大，無法做出改變。」

「可是，他們肯定很強大，畢竟他們在科技上比我們先進許多。」

「那麼，或許他們只是不夠在乎，所以什麼也不想做，其他的說詞都只是藉口。」

英格莉轉過來牢牢盯著我，我總算明白了。是啊。結交聰明的朋友就是會有這個問題，你以為他們在談論科學，結果他們其實是在闡述一個道理。

但，學校的情況跟不明空中現象完全不一樣。因為，我當然不可能像外星人那樣強大。一個人類哪有可能造成多少改變？

但是……她說的或許也不全然是錯的。或許，是我沒有多替英格莉著想。或許，是我沒有多替珍妮著想。或許，是我不夠在乎，才會做得不夠多。

一個人需要多少人跟隨才能變成領袖？而比有人追隨更重要的是，有多少人選擇別過頭，什麼也不說？

暈眩感籠罩了我的感官，於是我把手放在桌上。世界變得不成比例，好像它變得太小，或者我變得太大。突然間，我只想要跑出這個房間，鑽進棉被底下。要是能夠忘記這場對話、這個尋找行動、**那件事**、所有的一切，該有多輕鬆。

但是我卻告訴她：「我當初應該說點什麼的。」

英格莉哼笑一聲，聽起來近乎傻氣，但也含有怒氣。「是啊，好啦，瑪洛麗，我已經不生氣了，至少沒那麼生氣。不過我想，我還是有一點氣吧，但是我也不想要這樣。」

她的聲音突然帶有濃厚的情緒，我以為她就要哭了。「真的好不公平，因為我本來很快樂的。我很快樂，我不想要生氣，可是現在怒氣就在我心裡不走了，我不知道要怎麼擺脫它。」

我喃喃地說：「我很抱歉。」

她顫抖地吸了一口氣。「在教會，大家總是說要原諒，我也知道我應該原諒彼特，但我不知道要怎麼做。我不知道我能否發自內心原諒他。」她閉上眼睛，過了長長的一秒鐘後，再次睜開雙眼，說：「但是，我想我能原諒妳。」

我的心翻滾了一下，我感覺我這一刻做得不夠，也說得不夠，一切都是那麼尷尬、那麼激動，沒有人引導我該如何應對。「謝謝妳。」

她回頭轉向還是只有噪音的控制臺。接著，她靜靜地說：「並不是彼特告訴珍妮那些照片的事。」

我搖搖頭，感到迷惘。我還在消化她的傷痛，為什麼她要替彼特說話？

看我顯然沒聽懂，英格莉小心翼翼地說：「是我告訴她的。」

我的大腦花了一秒鐘才吸收耳朵聽到的資訊。我感覺眼冒金星，受到背叛的感覺迅速且出乎意料地劃過我的心，雖然我不確定我有沒有權利出現這種感覺。「為什麼？」

英格莉拉了拉自己的項鍊。「我覺得告訴珍妮是對的事情。學校的大家都在講妳們做了什麼，我覺得她有權利知道。」

「噢。」我感覺自己好像在水面下，找不到浮出水面的方法。「或許……妳是對的？」我已經無法分辨好壞，我毫無頭緒。

「不！瑪洛麗。」她的語氣十分激動，就好像她已經想清楚了，並全然相信自己所說的話。「珍妮本來不知道妳們對她這麼壞，但是我卻告訴她了。她大可不必知道那些，她大可不必產生那些感受。」

我真的好希望我們從來沒有拍那些照片。悔意像重力一樣重重壓在我身上。

她繼續說：「我告訴自己我是在幫她，因為我也會希望別人為了我這麼做，但是現在，我不知道了。現在我覺得……或許我只是希望不只我一個人，我只是不想當唯一一個生氣的人。」

我說：「妳不是唯一生氣的人。」這聽起來比我預期的更像在告解。

她看著我，表情變得柔和，然後點點頭。這是非常微小的動作，但是我知道那是什麼意思。謝謝妳看見我。

她說：「別跟凱思說是我做的。」

我想起跟凱思的對話，她告訴我她不想跟珍妮當朋友的原因，然後也希望我不要跟英格莉說。我想起我所保守的祕密，想起**那件事**。

有多少人藏著這樣的祕密？有多少人偷偷地在互相傷害？英格莉和凱思都是好人，但如果連她們也會傷人……或許，人類真的就是本性很壞。或許，我們沒辦法不傷害他人。

這個想法令我好悲傷，我必須閉上眼睛。

接著，我聽到一個嗶嗶聲。

我馬上睜開眼。

又一個嗶嗶聲。

我和英格莉往前靠。

接著，嗶、嗶、嗶、嗶、嗶。嗶嗶、嗶嗶、嗶嗶。嗶、嗶嗶、嗶嗶。

無線電沉默了一下，接著又重複發出嗶嗶聲。

英格莉悄聲說：「這有固定的模式。」

我倒抽一口氣，努力不尖叫出聲。「英格莉，成功了！」

她趕緊開始記錄，我則是興奮到快要飄起來。我們要找到外星人了，我們要找到珍妮了。

接著，凱思的敲門聲打斷了我們的歡欣情緒。

我和英格莉張大眼睛互看。

英格莉說：「我們該走了。」

她這句話很聰明也很理性，我們確實應該走了，但是現在不能啊！「密碼要怎麼辦？」

無線電嗶、嗶嗶，嗶、嗶嗶、嗶。

英格莉在筆記本上草草記下。

然後，門被打開了，打到我的背，害我往前踉蹌。

我轉過身，看見茱恩用手摀著嘴。她結結巴巴地說：「什麼——？我告訴過妳們……」

她擠過我們，把無線電關掉，然後往後退一步，看起來既驚訝又失望，還有一點……難過。「我必須打電話跟妳們的父母說。」

25

媽媽超生氣。

我跟爸媽一起坐在廚房，媽媽不斷閉上眼睛、深深吸氣。

「我不曉得為了不要吼叫會需要吸入這麼多氧氣。」我並不是故意要這麼沒禮貌，但是這句話聽起來卻是那樣。

爸爸嘆了口氣，好似在說：來了，開始了。

媽媽一點也不覺得好笑。「我不知道究竟是怎麼了，但這種說謊和偷偷摸摸的行為是不對的，這不是妳。」

我深吸一口氣，內心也很生氣。「妳怎麼知道？妳怎麼知道我是怎樣的人？」說到最後一個字時，我的聲音有些沙啞，我發現，我很想要答案。我想要她告訴我，因為我可能自己也不知道。

媽媽往後靠，快速地眨眼。「我是妳媽，我當然了解妳。」

爸爸握著她的手，對我說：「瑪洛麗，妳可以跟我們聊聊。」

他們不知道我也想跟他們聊聊，我想告訴他們珍妮的事、搜獵外星人的事，還有**那件事**。我想向他們求助，讓他們分擔這個重量。

可是，他們這麼失望地看著我，要我怎麼說得出口？

媽懇求地說：「拜託。」

「我們……」我們拿到外星人傳遞的密碼，我們需要找到珍妮，我們只差一點點。那天，在廁所裡，**那件事**——

爸和媽往前傾，我重新說。「我知道在未經允許的情況下使用無線電是錯的，但是我們必須回去，這很重要。」

媽媽皺起眉頭。「為什麼？」

「我不能告訴妳，妳得信任我。」

爸爸摸著鬍渣，媽媽坐著一動也不動。我想像他們能幫上什麼忙，想像他們帶我回去電臺，告訴茱恩：很抱歉，這其中有一些誤會，我們的女兒需要使用你們的無線電。來，吃點派。

媽媽吐出一口非常長的氣。「瑪兒，這個理由不夠好。」

我肺部的空氣瞬間被抽乾。我眨眨眼，把眼睛意料之外產生的刺痛感眨掉。「可是，媽——」

媽媽語氣堅定地說：「瑪洛麗，妳必須告訴我們背後的原因，信任是互相的。」

我氣呼呼地說：「對啊，一點也沒錯！但妳又不信任我！」

爸爸插嘴：「瑪洛麗，注意妳的語氣。」

我目瞪口呆地看著他。他通常都是站在我這邊的，或至少保持中立，可是現在他們卻兩個人攻擊我一個，我沒有任何靠山。

媽說：「我們也想信任妳，但是妳得給我們足夠的理由。」

「妳這個理由才不夠好！」我跳起來，椅子撞到地上。「我是妳的女兒，這個理由應該就很夠了！」

我全身顫抖不已，跑到房間把門甩上。

我靠著房間的牆壁，讓自己往下滑，一直滑到地板。我的血液彷彿在沸騰，使我無法冷靜，不舒服極了，因此口袋裡的手機發出震動時，我很感恩有事情能讓我分心。

英格莉打了視訊電話過來。我按了接受，看見她穿著衣服坐在看起來空蕩蕩的浴缸裡。凱思已經在線上，趴在自己的床上。

英格莉沒打招呼，就直接說：「我弄懂那些嗶嗶聲，將訊息解密了。是摩斯密碼。」

凱思抬起眉毛。「摩斯密碼？外星人怎麼會知道摩斯密碼？」

英格莉咬著嘴唇。「我也很納悶。可是，考量到延遲的時間，這其實是很合理的。假如無線電波需要很多年的時間才能抵達外太空，外星人有可能才剛接收到我們最早的無線電訊號，而那常常都是以摩斯密碼寫成。有可能——雖然可能性還是很低——外星人學會了用這個方法和我們溝通。」

我想像外星人在黑暗的外太空遠遠地監聽我們，忍不住打了一個寒顫。

凱思把頭歪向一邊。「好，所以訊息是什麼？」

英格莉一邊看筆記，一邊說：「『H—O—W—A—R……』就這樣。後來我們就被茱恩打斷了。」

我坐得更直了一點。「所以是"How are……"囉？」

凱思點點頭，她的螢幕在顫抖。「是啊，但是這沒什麼幫助。」

我說：「我們必須回去電臺聽完剩下的密碼。」

英格莉把腿彎向胸前，下巴靠在膝蓋上。「我覺得我應該沒辦法。我媽對我很不高興，我不認為她會讓我回去。為了打電話給妳們，我還得躲進浴室。」

凱思把臉皺起來。「我爸媽也很不高興，而且茱恩大概已經終生禁止我們進入電臺了。」

我用手梳過頭髮。我們已經解開了一半外星人的訊息，但是因為我們是小孩，所以我們一點辦法也沒有。那真是叫人挫敗到令我難以忍受。我非得聽完剩下的訊息不可。

但是，我也知道凱思和英格莉已經為了這件事惹上夠多麻煩了，我不能再讓她們介入。

我告訴她們：「妳們說得沒錯，但……謝謝妳們所做的一切，我真的真的不可能自己一個人做到這些。」

這聽起來好像在跟她們永久道別，而我並不想要。

凱思肯定也聽出來了，因為她堅定地說：「妳自己當然不可能做到，嘿，我和英格莉超強的好不好。」

我笑出聲，試圖掩飾如釋重負的感覺。

凱思接著說：「猶太人的贖罪日明天晚上開始，我得跟家人一起過，但是這件事比較重要，所以我們明天到學校再思考下一步吧。」

她們掛掉後，我盯著空白的螢幕，思索一千億個擁有一千億顆星星的星系。這時有人敲了我的房門，害我嚇了一跳，手機掉到地上。

我說：「誰？」

我希望是爸爸敲的，但是卻看見媽媽把頭伸進來。爸可能出去幫搜索隊幾個小時的忙了。過去幾天，我爸媽都有輪流幫忙。

媽媽問：「我們可以聊聊嗎？」

我不想，但還是點頭了。

她把門打得更開一些。「我可以把燈打開嗎？裡面好暗。」

我聳聳肩，但是她沒有開燈。我心想是不是有一部分的她想要走進來，把手放在我的肩上，就像她以前常做的那樣——但她卻繼續站在門邊。

她說：「我跟妳爸……我們真的信任妳，妳是個好孩子。」

我喃喃地說：「好。」我感覺太不自在，沒辦法看她。

她停頓了一下。「我知道珍妮的事讓妳很不好過，但是我們都在妳身邊，我在妳身邊。」

「我知道。」

「好……我愛妳。」

雖然我希望她走，但是我又不想要這場對話結束。我想著我們之間的爭執，突然很需要知道她認為我是什麼樣的人。

可是，我沒辦法直接這樣問，所以從我嘴裡冒出來的問題是：「妳認為我是韓國人嗎？」

這個問題或許夠接近了。看著我的時候，妳看到什麼？

我的腦海浮現跟彼特之間的尷尬場面：他把另一個亞洲女孩看成是珍妮，我很生氣，而當時沒有人知道該做何反應。

媽媽驚訝地說，好像從來沒有想過這個問題：「當然囉！」然後她反問我：「妳認為妳是韓國人嗎？」

她看起來有些緊張，好像很怕聽到答案，這讓我也跟著緊張。我說：「我怎麼想並不重要。」

媽媽皺起眉頭，手仍放在門把上。「當然重要啊。」

她開始激動了，我能感覺得到。她就要轉換成媽媽模式，把一切都變成一場辯論，而她總是有道理要闡述。我有點後悔提起這件事。我複述她的話：「是啊，當然。」

「瑪洛麗。」她遲疑了一下，然後朝我走了一步。「妳怎麼想為什麼會不重要呢？」

我深吸一口氣。我想要的是答案，不是問題，但是我夠了解媽，所以我知道她不會輕易放手。「我是說……我們全都只是別人對我們的看法的總和，所以，是啊，我怎麼想很重要，但是別人怎麼想更重要。」

媽媽的眉頭皺了起來。「是誰告訴妳的？」

我停頓了一下，因為我從來沒想過這個想法是別人告訴我的。但，當我仔細回想，我想起了自己和蕾根在某一次一起過夜時躺在床上的情景。

她說：控制別人看妳的方式，妳就可以控制自己是誰。

媽媽嘆了口氣。聳肩和嘆氣是我們大部分使用的語言。「瑪洛麗……」她又走了一步。「只有妳才能決定妳是誰，其他人都不能。」

我奮力忍住挫敗感，因為我不希望每次跟媽媽對話都會以氣憤和不悅收場。「對，可是……別人認為你是好人或壞人很重要，妳自己也總是說我們對待他人的方式很重要。」

「一點也沒錯，人生跟別人怎麼想無關，而是跟我們做什麼有關，跟我們為這個世界帶來的影響有關。」

「嗯，對。」她如果知道**那件事**，會怎麼想？她如果知道我帶來的影響，又會怎麼想？

媽媽張開嘴，還想說點什麼，但是我打斷她。「我真的很累了。」

她把話吞下肚，點點頭。「很晚了，快睡吧。」

她留我一人在黑暗的房間內，我聽到父母睡了以後，再次爬出窗外，只是想看看那無垠的夜空。外星人為什麼要來到這麼遙遠的地方，只為了我們？如果他們不打算介入，那他們在找什麼呢？他們想知道什麼？

我想像他們問一些我不知道怎麼回答的問題。

妳好嗎？

妳是誰？

妳以為妳是誰呢？

第36條 擴張

一個關於宇宙的事實是：它總是不斷在擴張。因為有暗能量，無限變得更加無限，所有的星系一直不斷遠離彼此。

如果我在芝加哥這裡設置一個超大的望遠鏡，就會看到宇宙所有的星星好像都在遠離我——當然，這樣說不完全正確，因為星星不是在針對我。

一個關於我的事實則是：上個星期，我逃家了。

我只有離開幾天，躲在鄰居的庭院小屋裡。我告訴貝卡我是因為思念爸爸才離家，但事實是，我需要遠離她一陣子。

爸爸走了以後，我們之間的差異變得很明顯。她希望我別再講外星人的事，希望我開始想想穿著打扮的事，希望我努力一點，跟學校同學好好相處。

我實在是受不了了。

可是，我回家後，看見她難過成那樣，我感覺好愧疚，沒辦法把上面的話說出口。她說她打算搬家，好像造成我們之間所有問題的是芝加哥，不是因為爸爸離開後，一切都瓦解了。

起初，我試著說服她不要搬，但是後來我想一想，是啊，重新開始或許也不錯。重新開始之後，我不想再成為嚇壞自己媽媽的那種小孩。

所以，我會做她希望我做的事。我不會停止搜獵外星人，但是我可以妥協。如果她希望我穿某些衣服、剪受人歡迎的髮型，那也沒什麼大不了。我做得到，我可以努力一點。

我在這本宇宙指南裡發誓，我一定會改變。我不會再當一個離家出走的人。

現在 26

隔天早上就滿四天了，正式超過先前珍妮離家出走的天數，大人也正式進入非常擔憂的狀態。

聽見新聞播出她的名字（失蹤、失蹤、仍然失蹤）讓我差點又陷入恐慌的黑洞。新聞主播講到了搜索隊和警方的調查，還提到鱷魚和其他有可能傷害珍妮的野生動物，讓我的早餐又慢慢逆流到喉嚨。

新聞的最後一段訪問了學校的羅潔絲老師，她說她在房子周圍掛上小燈泡，希望替珍妮把夜晚變得亮一點，無論她在何方。

這整件事讓我感到暈眩，但我不能放棄，我一定要找出剩下的密碼是什麼。

在學校時，英格莉傳訊息問我知不知道有什麼隱密的地方，可讓我們在午餐時間碰面，雖然我不希望她們繼續介入，但我還是提議到禮拜堂地下室的廁所。罪惡感在我心中翻攪，彷彿帶她們去那裡似乎會背叛蕾根，但那間廁所正是我們所需要的，因為那裡沒有人會打擾我們。

我提早一點點溜出教室，所以比英格莉和凱思還早前往廁所。可是，當我推開門，裡面已經有人蜷曲成一團坐在地板上。

驚慌失措幾秒鐘之後，我才發現那個人是蕾根。她在哭。

我感覺心揪了一下，想都沒想便跑去坐在她身旁。她在哭。蕾根居然在哭。

我內心的恐懼令我感到羞恥，那種感覺就跟從摩天輪的車廂往外看，發現地面離我如此遙遠時一樣。我心中有一部分的自己幾乎感覺遭到蕾根背叛，好像她這樣公開展示自己的恐懼，打破了某種承諾、某種我們的友誼沒有明說的規則。

「沒事的，妳可以跟我說，妳可以信任我。」我這樣告訴她，心裡暗自希望這句話是真的。「我會挺妳。」

她努力想要說話，當她抬頭看我時，雙眼紅通通的。「瑪兒，大家都在談論我們。」

我往後退。我還以為她是為了珍妮的事在哭，我還以為在她的外表之下，她跟我一樣在乎。「這話是什麼意思？」

「一開始，泰絲告訴大家，妳現在跟凱思和英格莉才是最好的朋友，妳們創立了一個一天到晚找珍妮、崇拜外星人的邪教。」

我克制翻白眼的衝動。「那顯然不是真的。」

她接著說：「現在，大家也開始講我了！他們認為珍妮會逃家都是我的錯，因為我拍了那些照片。大家都認為我很壞，但是那不是……不是我的錯。」

她說這句話時像在承諾或是祈禱，如果我要求她，她也會這樣說我：那不是妳的錯。

我說：「蕾根……」

「妳覺得我很壞嗎？」蕾根絕望地看著我，好像在拜託我說出否定的答案。

「不。」我驚訝地發現，我是真心的。我不知道自己該不該這麼想。我不知道凱思和英格莉會怎麼說。

蕾根吸了吸鼻子。

「別人怎麼想並不重要。」我複述媽媽的話，雖然這感覺不太對。別人怎麼想對英格莉而言很重要，對珍妮而言很重要，那甚至可能已經改變了她們。珍妮說別人的想法不會改變她是什麼樣的人，但我認為不完全是如此。

蕾根馬上看穿我，說：「妳不相信這點。」

我想起來一個人懂你懂到你無法在他面前掩飾，是什麼樣的感覺。珍妮曾經在筆記本寫到，人們被綁架時，不會想要逃跑。他們站在不明空中現象面前，卻沒辦法逃，即使想要逃也沒辦法。

我想我懂了。被外星人綁架肯定感覺……很好。就好像外星人選中了你。感覺就像一個不可思議的人想要跟你在一起，那有多酷炫、多神奇、多超脫塵俗啊？外星人看見你，認為你具有某些價值！

或許，在那之前，你不認為自己具有任何價值，直到有個人在體育課上靠過來對你低聲說：跟我來，我有個點子。或許，那是你經歷過最大的事件，你被看見、被選中、被理解、被接納了。

至少，我想像那可能會帶來這種感覺，這只是個理論。

我告訴蕾根：「我不知道我相信什麼。我不知道我們是不是好人。只是……我想我們恐怕做了一些很不好的事情，拍那些照片……在這間廁所說了那些話。我很怕我們永遠無法導正這一切。」

那天說的話似乎從廁所的磁磚反彈回來。牆上的裂縫似乎變大了。

蕾根搖搖頭。「所以就是這樣？我們現在變成壞人了？」

我吞了一口口水。「我不知道。」

蕾根擦了擦眼淚，下顎變得僵硬。「妳還在乎今晚有流星雨嗎？」

我摒住氣息。幾個星期前，她有告訴我這件事，我知道她有多害怕那些墜落的星星，因為那會令她想起她媽媽的事。可是，發生這麼多事情，我完全忘了。

她點點頭，好像證實了一個基本的真理。「顯然我在妳心裡已經不重要了，妳大概認為我這麼難過是罪有應得。」

「蕾根，妳知道妳在我心裡有多重要。」

她對牆上的裂縫說：「妳對我說妳不會離開我，但妳當然還是離開了。事情一變得困難，妳就跟凱思和英格莉跑了，完全拋下我一個人。」

我說：「我沒有跑啊，蕾根，不要這樣。」

我的情緒像一個壞掉的指北針，朝四面八方轉個不停：對蕾根的同情、忘了流星雨的愧疚、因為她的淚水幾乎像個藉口而感到的憤怒、想要修補我們友情的迫切，然後又回到了愧疚——珍妮還沒回家之前，我不應該在這裡擔心蕾根。

我在新朋友和老朋友之間掙扎，在新的我和舊的我之間掙扎，但是或許，我可以把這些全部結合在一起。

我靠向前。「我、凱思和英格莉會找到珍妮，我們只差一點點。」

她眨眨眼，神情困惑，我把她的沉默當作繼續說下去的鼓勵：「或許，找到她就能彌補我們對她說的那些話，就好像……宇宙又能平衡了。」

蕾根皺著眉頭。「真的嗎？泰絲說妳們還在找她，但我不想相信。」

「還記得我說我在天空中看到某個東西?之後還有出現別的徵兆,像是廣播的訊息,還有學校大會的事,那不是沃恩校長弄壞麥克風造成的。那是『哇!』訊號。蕾根,真的發生了某些超乎我們理解的事情。妳可以幫忙,妳可以參與。」

她往後退,我發現她在生我的氣。「瑪洛麗,珍妮不見了,她不是離家出走,就是發生更糟的事。而且那剛好發生在……」她指著四周,指著磁磚、洗手臺、整個犯罪現場。「說實話,要是妳找到了自己不想看到的結果呢?」

「這話是什麼意思?」

「我不曉得找她值不值得。」她說這句話時,連縮也沒縮一下。

就算她是在氣頭上,我仍然很訝異她會說這種話。我再次把手伸向她,但卻阻止了自己。「妳坐在這裡因為我們對她做的事而哭,但有機會把情況變好時,卻又說那不值得?」

蕾根的語氣平淡得嚇人。「我是在保護妳耶,我不該因此被當成壞人。」

「保護我什麼?不被珍妮傷害?」我笑出聲,但是一點也不覺得好笑。「蕾根,她不是壞人,彼特才是混蛋。她沒有把他偷走,她沒有抄襲妳的髮型。她什麼也沒做。」

可是,說出這句話時,我不禁納悶這樣說對不對。珍妮確實做了些什麼,她跑去探索宇宙的祕密，她挺身捍衛自己和自己看待這個世界的方式。

蕾根再度充滿情緒地說：「這根本和彼特無關。」

「那是跟什麼有關？」

蕾根轉向我，眼神冰冷無比。她沒有回答我的問題，我也不期待她回答。她只有說：「我是在保護妳，以免妳發現她可能出了什麼可怕的意外。」

恐懼籠罩我的感官。我不想要想像最糟的情況。

在蕾根的冰冷之下，存在著某個炙熱燃燒的東西。有一瞬間，我以為她又要哭了。有一瞬間，我以為她會改變心意，幫助我找到珍妮。有一瞬間，我以為她真的想。

但是，她卻站起來，把背包甩到肩上，不發一語走了出去。

27

門又打開時，我以為是蕾根改變心意回來了。儘管發生這一切，我知道她一定也想把事情變好，她只是害怕罷了。

然而，走進來的不是蕾根，而是凱思和英格莉。

我趕緊站起來，試著收起那些跟蕾根有關的複雜情緒。

凱思說：「這間廁所真是詭異極了。」然後，她看著我，眉頭皺了起來。「妳看起來很糟。」

「我感覺很糟。」我這麼老實，有點嚇到我自己，但是我猜這是因為我沒有力氣隱瞞她們。

英格莉說：「我也是，我媽很不高興，不過她已經習慣了，就像我們以前常常胡鬧時那樣。」

我從來沒把那些想成是「我們」的胡鬧，因為對我來說，那些都是英格莉出的點子。我以為英格莉也把那些想成是她自己的點子。

凱思的臉上露出一絲接近醋意的神情，但是現在，那些都不重要了。現在，我必須專心找到珍妮。

我說：「我在想，假如沒辦法回到電臺，我得找出別的方法拿到密碼。我要自己做，這樣妳們就不必擔心——」

英格莉打斷我：「瑪兒，我告訴我媽我們想做的事了。」

我馬上出現忌妒的感覺，因為我也希望我能跟我媽開誠布公，不用擔心她會怎麼說。

接著，我意識到她話裡蘊含的事實。英格莉的媽媽知道了，這表示她會試圖阻止我們。「什麼？妳為什麼要這樣做？」

「我沒有告訴她所有的事，像外星人和筆記本等等，我只是告訴她我們想要找到珍妮。我們談到珍妮之前曾離家出走的事……我媽提出一些很好的論點。」

我複述：「一些很好的論點。」

英格莉快速地說：「就是……這一切或許跟外星人沒有任何關係，她會逃家或許是因為遭到霸凌，因為那些照片之類的。」

「可是——」我有些破音，我把手放在貼著磁磚的牆上。「可是不可能只有那樣！那些外星人證據要怎麼說？我看見的不明空中現象？無線電發出的摩斯密碼？大會的事情？」

凱思的臉皺了一下，英格莉搖搖頭。

英格莉說：「我也有想過這些問題，但是那些光如果是搜索隊的人弄的呢？如果摩斯密碼只是某個人發出的訊號，但不小心被我們攔截到？如果大會的意外只是一場惡劣的惡作劇？」

凱思看起來好像快吐了。

我說：「那不合理。」我聽得出我聲音裡的瘋狂，但是我沒辦法克制。「大會的意外不是惡作劇，我們聽到了『哇！』訊號。」

英格莉的表情漸漸轉變成非常接近憐憫的樣子。「我只是說……如果那不是外星人做的呢？」

凱思用非常小的聲音說：「不是外星人。」

我和英格莉轉向她，她低頭看地上，好像很想消失。她輕聲說：「是我，大會的事情是我幹的。」

第52條 你們在哪裡？

我努力保持耐心，但是外星人花了很久的時間都沒有找到我。

我在等待，可是在這個我常常無法融入的世界裡，等待並不容易。當貝卡試著讓我融入時，這一點也不容易。我不知道在我自己跑去找外星人之前，還能等他們等多久。

28

「什麼？」這是我唯一能夠做出的回應。「哇！」訊號不是外星人傳送的，跟另一個世界、宇宙或宗教都沒有任何關係，而是……凱思做的？

英格莉結結巴巴地說：「可是——為什麼？妳為什麼要這麼做？妳為什麼要說謊？」

凱思看起來快哭了。「瑪洛麗一開始告訴我們飛碟的事情時，我以為她只是在捏造故事，做些混蛋的事情，但是她講得越多，感覺好像就越……有可能。」

我瞪著她，完全驚呆了。在她身後，磁磚的裂縫似乎準備把我們吃掉。怪的是，我竟然有點想笑。

我原本相信我是個好人，但我錯了。我原本以為外太空有什麼東西，但我錯了。我原本相信我能做出改變。

珍妮，為什麼人們這麼害怕相信？就是這個原因。

「但，英格莉，」——凱思轉向她最好的朋友——「當時妳氣瑪洛麗氣到連聽都不想聽。我想說——我知道——如果妳願意聽，如果妳真的相信外星人可能存在，妳就有辦法找到他們。妳總是那麼激昂，是很棒的那種激昂，為了弄懂一件事，妳什麼都會去做。妳看，妳因為想知道要怎麼控制野火，就把霍爾公園燒了！」

英格莉不加思索地說：「說是公園太誇張了，那裡其實比較像是個大型的空地，而且我放的火很小。」

我說：「這不是重點。」

英格莉點點頭。「妳說得沒錯，我們回到凱思說謊這個重點。」

凱思的眼睛充滿淚水，就快要溢出來。「我現在在試著彌補一切。猶太人的贖罪日要到了，所以我一直在思考我們是怎麼傷害別人的，無論是故意、不小心或因為我們試圖幫忙卻造成了反效果。我在努力改正情況。」

我吸氣，然後吐氣。

凱思說話速度很快，字幾乎要黏在一起。「我知道我不該說謊，我很抱歉，拜託，請原諒我。」

英格莉搖搖頭，難以置信地說：「但我還是不明白。」

凱思說：「我很害怕，珍妮不見了，我很擔心她會出什麼事，或者她可能會出什麼事。我一直想，不知道，她在這裡如果有真正的朋友，或許就不會走了。如果我沒有逃避她，跟她說科學社人滿了，或許她就會在這裡，跟我們在一起。她會離開，或許是我的錯。

我輕聲說：「不是妳的錯。」因為，雖然我很困惑、生氣、感覺遭到背叛，但我知道那並不是她的錯。

英格莉問凱思：「妳把她趕走？」

凱思悲慘地點點頭。「我不希望妳又成為眾矢之的。」

一切都以我無法控制的方式在轉動著。一切都不是表面上的樣子。所有人都不是他們表面上的樣子。英格莉隱瞞她告訴珍妮那些照片的事情，凱思隱瞞把珍妮趕走的事情，當然還有大會的事情。

我已經不知道什麼是真的，我不知道該相信什麼。

但，我緊緊抓著我確定知道的那件事情——珍妮的消失不是凱思的錯，不管她們可能會怎麼想我，我都不能讓我的朋友承擔那份罪惡感。我不能再隱瞞真相。

於是，我深吸一口氣，告訴她們**那件事**。

過去 29

蕾根說：我們得教訓她一下。而我們真的那樣做了。

我們的本意沒有這麼壞。但是，蕾根越來越憤怒，所以我想說，不如就讓她發洩出來比較好。珍妮一直在踩底線，我認為我們可以教她事情的道理。

我以為，這是在兩件不好的事情之中選擇危害較輕的一個。另一個選項是，讓蕾根繼續醞釀怒火。但是，事情不水落石出，衝突就會越來越糟。這是阻止那種情況的唯一方法。

我、蕾根和泰絲那天早上提早到校，以便擬定計畫。

泰絲繞著一綹髮絲，問：「妳確定我們不會惹上麻煩？」我們一如往常站在置物櫃旁，看著學生三三兩兩抵達校園。

蕾根翻了翻白眼。「我們為什麼會惹上麻煩？我們真的只是要跟她聊聊。」

泰絲點點頭。「當然，我完全支持這個計畫，但要是她跑去跟老師說呢？」

蕾根說：「泰絲，妳現在是真的怕了嗎？如果妳連這麼小的事情都怕，那我真的不知道要怎麼跟妳做朋友。」

泰絲瞪大眼睛。

「開玩笑的啦。不過，妳真的想太多了。」蕾根用手指梳了梳瀏海。「我是認真的，珍妮的大頭症越來越嚴重，快要把她變成怪物了，我們別無選擇，只能阻止她。」

蕾根轉向我，我吞了一口口水。她說：「瑪兒，妳忘了她是怎麼跟妳說話的嗎？妳真的是我見過最好的人了，她卻說妳很邪惡。那實在是太超過了。」

說實話，我不太確定珍妮有沒有對我不好。每次我試圖回想珍妮質問我們的事情，細節的部分就變得越模糊。我們越是聊起這件事，我能想起來的就越少。

然而，我倒是記得自己的感受。她看我的眼神令我揪心，我仍然可以感覺到她對我抱持的所有負面想法，就像蛆一樣鑽進我的心臟。

我說：「我覺得珍妮不了解這間學校的運作原則，我們只需要告訴她，讓她別再惹別人不高興就好。」

泰絲嘆了一口氣。「拜託，珍妮肯定知道事情運作的方式。她想得到所有的力量，這樣她就可以推翻我們，妳懂嗎？瑪兒，她完全失控了，妳人太好了。」

蕾根對泰絲露出笑容，自從開學後，她就沒有這樣對我笑過了。

泰絲咧嘴而笑，因為受到蕾根的關注而自滿。「所以，我們到底要不要鏟除這條惡龍？」

蕾根轉向我。「瑪兒，由妳來吧。」

一半的我想要逃，一半的我卻又想看看這會怎麼發展。我不確定那是知識好奇心還是更糟的東西在作祟。

我深吸一口氣，傳訊息給珍妮：**可以聊聊嗎？**

她幾乎馬上就回傳：**不可以，妳並不是我以爲的朋友。**

她就像揍了我的喉嚨一拳似的。那些話就像一種暴力行為。

我把她的訊息唸出來。

泰絲嚷道：「看吧?!她完全失控了。」

蕾根說：「跟她說是有關外星人的事。」

泰絲笑了，但是蕾根的語氣一點也不溫和幽默。我應該看出她的鯊魚眼神，然後就此住手。

可是……珍妮討厭我，蕾根則是不帶評斷地接受了我。而且，我真的很累。質疑自己、想東想西、擔心那麼多的事情，真的讓我好累。一直克制讓我好累。

我傳訊息給珍妮：**我是認眞的，我覺得我昨晚好像看到飛碟了。**

蕾根在我身後觀看，接著冷笑一聲：「太完美了。」

珍妮回答：**妳在鬧我嗎？不明空中現象可不能隨便開玩笑。**

泰絲也靠過來，我很想把我的朋友推開，但是我心裡也有一部分需要她們靠近我。

泰絲笑著說：「哇，她真的瘋了？」

我回傳：**不是開玩笑，午餐時間到禮拜堂地下室的廁所找我。**

珍妮隔了一段時間才回答。我可以在螢幕上看見她打字、刪除、打字、刪除。

我想像她的表情，想像她的臉上露出那充滿希望的笑容。

我把那幅景象甩出腦海。她大概很生氣，她大概很討厭我，覺得我是個糟糕的人。如果她已經這麼想，證實她是對的又有什麼關係？

珍妮送出她的回應：**好，我會到，我信任妳。**

她完全不曉得信任可能傷她多深。

30

午餐時間的鈴聲一響，我、蕾根和泰絲就跑去那間地下室廁所。我們之間有一個心照不宣的規定，那就是我們絕對不能跑步，因為在田徑場或越野跑路線以外的地方奔跑，會讓你看起來很急迫、很怪異。但是，我們為了這件事打破了慣例。我們非得比珍妮早到不可。

我們衝進廁所，一邊大口喘氣，一邊咧嘴而笑，一邊毫無顧忌地流汗。我一邊輕聲喊，一邊把蕾根和泰絲推進隔間：「躲起來！躲起來！」

她們倆擠進隔間，我們全都哈哈大笑，笑到肚子痛。

在那一刻，一切都很好玩，宛如一場遊戲，好像一切都不是很重要。我們很強大。我們是整個年級最強大的女生。大家都知道這點，只有珍妮不知道，但是現在她即將知道，這樣就沒有人可以動我們了。沒有人可以奪走我們的力量。我感覺暈眩，但這次，我沒有想要逃離那種感覺。我讓它將我掩蓋。世界在我腳下是那麼的小，我可以做任何事。

泰絲和蕾根擠在隔間裡一下子呵呵笑，一下子噓對方，要對方安靜，我則靠著洗手臺，試著裝出自然的樣子。

燈光閃爍了一下。那盞日光燈老是在閃爍。

珍妮過了一陣子才來，我一度以為她不打算來了，這讓我五味雜陳，鬆了一口氣的同時，卻又感到生氣和一點失望。

不過，她最後還是來了。她打開門，走進來，看我似乎只有獨自一人。她的肩膀放鬆，臉上露出遲疑的微笑。「妳真的看見不明空中現象了？」

我點頭點得有點用力。「對啊，真的。」我說了謊，聲音聽起來不像我自己的，而是像蕾根嘲笑別人時的聲音。

我清清喉嚨。

珍妮問道：「在哪裡？」

我事前沒想這麼多，所以只好臨機應變。「昨晚在我窗外。」

她把背包放在地上，整個人坐上洗手臺的邊緣，雙腳來回擺動。「那個飛碟長什麼樣子？妳有什麼感覺？」

「呃……」我的朋友何時才要出來？她們要讓我說謊說多久？我試著回想珍妮

說過有關目擊飛碟的事情。「光線？我不知道，我沒有什麼感覺。」

她思索了一下，我擔心她會揭穿我，指著我說：被我發現了吧！但她卻說：「光線是紅色還是白色的？外星人社群最近意見很紛雜，有人認為其實有兩種不明空中現象在爭取我們的注意力，但是我認為只有一個。有很多因素都會造成不同的人覺得同一件事物看起來是不一樣的。如雲朵就是一例，天空發出的光線也是。確認偏誤更不用說——」

廁所隔間砰地一聲打開，蕾根走了出來，身後跟著泰絲。

蕾根說：「嘿，珍妮。」她的聲音非常甜膩，充滿一種裝可愛、裝隨性的恨意。她的手裡拿著珍妮的筆記本——是第七冊，也就是珍妮因為信任所以借給我的那本。

珍妮全身僵硬。她快速眨眨眼：一二三。她不再是那個跟我們嗆聲的女孩。當時的她有做好準備，但是現在我們讓她措手不及。

蕾根噘起嘴說：「怎麼啦？我以為妳很勇敢，我以為妳不怕我們。」

泰絲咧嘴而笑，甩了甩一頭捲髮。她們兩個站在廁所的一邊，另一邊的珍妮跳下洗手臺，往後靠。

我則夾在中間。老實說，我連動也動不了。

更老實地說，我是不想動。

蕾根往前走，珍妮瑟縮了一下，好像蕾根打了她似的。我不禁納悶蕾根是不是真的會打她。我們只有大概計劃了一下，卻沒有討論現在要怎麼做。我們只有假設性地思考這件事：我們教訓一下珍妮如何？

但是，我們完全沒有想過要教訓她什麼。

珍妮站在那邊，臉色蒼白地靠著洗手臺。她的眼睛瞄向出口。她大可以跑掉，但是她卻轉向蕾根，轉向我們。她聲音顫抖地說：「妳們想要做什麼？」

泰絲模仿她：「妳們想要做什麼？」

珍妮咬著嘴唇。

蕾根說：「妳太自大了，我們要把妳帶回地球，對吧，瑪兒？」

我告訴蕾根珍妮需要回到地球時，只是在開玩笑。至少，我覺得我是在開玩笑。現在，那句話似乎沒這麼好笑了。

珍妮瞪大眼睛看著我，我不知道她想要我做什麼。我能做什麼？

我喃喃地說：「我……」

蕾根舉起筆記本，隨便翻到某一頁。她讀出內容：「『我總是希望得到更多證據，我一定會找到，我一定會改變世界。』真是可愛啊。」她的聲音就像摻有毒藥的蜂蜜。

珍妮看著我，然後又看著蕾根，說：「拜託，還給我。」

泰絲噘起下唇。「勇敢的小珍妮在求人嗎？勇敢的小珍妮害怕了嗎？」

這些行為毫無意義，只是在嘲弄人，很壞。我不知道我本來預期會發生什麼事，只是想說我們或許可以告訴珍妮這個世界是如何運作的。我們會解釋有哪些必須遵守的潛規則，這樣她就會比較明白。她會明白人必須保護自己，因為沒有人會來救你。

可是，這些行為感覺是不對的。

我說：「我們沒必要唸出內容。」

珍妮不肯看我。我可以感覺到她刻意忽視我，在她的腦海裡將我抹除。她說：「我沒有害怕。」但是她的聲音有點顫抖。「我只想拿回我的筆記本，並且表現得成熟一點。」

蕾根的眼睛閃過一絲光芒。對蕾根說那種話是非常糟糕的，特別是在她進入鯊魚眼神模式時。她舉起筆記本。「噢，以為自己可以改變世界就很成熟嗎？妳真的以為妳很重要？妳真的以為有人會在乎妳說的話？」

蕾根撕下那一頁，扔到地上。珍妮發出被勒住的聲音。

蕾根翻到另一個條目，唸道：「『我要證明大家是錯的，我要站在那些不相信的人面前，說：看看我，看看我能成為什麼樣的人。』」蕾根又把那一頁撕掉。撕、撕、撕。她把珍妮的文字扔在地上。「所以，妳現在有什麼話想說？我們等著聽。」

珍妮張開嘴，卻沒說任何話。她學了卡波耶拉這個自保的技能，但是面對這樣的攻擊，她要如何自保？

蕾根又撕了一頁，撕紙的聲音劃破廁所的空氣，在牆壁間迴盪。她把筆記本拿給泰絲，泰絲把好幾頁撕得粉碎。泰絲唸道：「『他們會找到我的。』」接著，撕、撕、撕。

驚恐的情緒令我反胃。幾分鐘前，我覺得自己很強大，可以阻止珍妮，現在卻沒有力量阻止我們自己。

泰絲把筆記本拿給我，蕾根抬起眉毛。我反射性地接過筆記本。筆記本沉甸甸地落在我手中，奇重無比，雖然大部分的紙張都已散落在磁磚地面上。

珍妮輕聲說：「瑪洛麗。」

整個筆記本已經被撕爛了，早就無法挽救。

而我跟珍妮的關係？同樣無法挽救了。我怎麼做有差嗎？

我撕下一小角。

珍妮發出一個不像人類的聲音。

我感覺所有人的目光都放在我身上，還有我手上的那個筆記本——那個筆記本。我只讀了幾個條目，就讀不下去了。珍妮寫到她想成為什麼樣的人、如何成為那樣的人，彷彿她知道答案似的，令我無法忍受。

珍妮不用質疑。蕾根也不用質疑。她們全都知道自己是誰，知道這個世界怎麼運作。有些人就是知道，這感覺好不公平！

我又撕了一塊，然後再一塊，好像著魔似的，好像我不是我。或者，這就是我，只是我不知道。

我想起珍妮說我是個惡劣的女生，不禁納悶她是不是不只那麼認為，而是她看得出來。我也不禁納悶，兩者有什麼差別。

那本書太重了，我任它掉到地上。

珍妮的臉色變了，她的內心有某個東西破掉了，她的希望被掏空。

蕾根搖搖頭。「陳珍妮，妳以為妳是誰啊？」

珍妮沒有回應，所以蕾根替她回答：「妳以為妳很特別。妳以為妳比我們厲害，因為妳很不一樣、很古怪，因為妳有偉大的夢想和信念，有人曾經告訴妳，妳真的有辦法實現它們。」蕾根破音了，吞下一口口水。「但是我看穿妳了。」

珍妮全身都在打顫。她在發抖。她不肯看我。她的眼睛再次瞄向門口，接著她離開洗手臺，腳步不穩地跑出廁所。

門關上後，泰絲在她身後大喊：「妳跑啊！妳最好快跑！」接著，她笑出聲，好像這一切只是個笑話。

但是，蕾根盯著我。我的心怦怦跳著。我的手抖個不停，於是我雙手環抱自己，抓緊手肘。我們好好教訓了珍妮一番，宇宙又恢復秩序。雖然這個世界或許就是這樣運作，但是它也或許不該這樣運作。

我轉身看向珍妮剛剛站著的地方，卻只看見鏡子裡的自己，一副嚇壞、驚恐又無助的樣子。我閉上眼睛。

蕾根絲毫沒發現我的世界崩壞了，說：「我想她不會再煩我們了。」

第31條 一個問題

有時候，夜裡躺在床上睡不著時，我會設想自己出名後，大家都想知道我的故事時，我該怎麼回答受訪的問題。

新聞記者會把麥克風和各個問題推到我面前，我會舉起手，光鮮亮麗地說：「麻煩一個一個來。」

他們會問：「妳的祕訣是什麼？妳是怎麼發現外星人、拯救全人類的？」

我會說——而且大家會認真聽，每一個字都不放過：「我得感謝支持我的人。如果想要相信不可能的事，就得找到相信你的人。」

現在 31

當你親眼看見一件事——當你親身參與，當你做了一件壞事——卻沒有人再提到它，會發生一個很怪的現象。你越少聽到別人提起，就越會告訴自己這件事從來沒發生過。你可以把現實塞到腦海中陰暗的角落，好讓它雖然一直都在，卻從來沒有完全現身。你會害怕自己的記憶力，你會害怕相信它。

然後，有一天，它從陰暗的角落出現了，你卻不知道該如何面對。

告訴凱思和英格莉**那件事**之後，我不停顫抖。我早就知道她們不會想再跟我做朋友，但是看見她們的臉上出現驚恐的神情，我還是不免感到痛苦。

我把肩膀往內縮，好像只要把自己變得夠小，就能消失不見。「我知道這樣不對。」

「不對。」凱思複述我的話，好像在品嘗這個詞，發現它又酸又澀。

我補充道：「非常不對。」但是這聽起來像個問題。

英格莉搖搖頭。「妳聽我說了把照片給珍妮看的事情，也看見了我的罪惡感，卻……讓我繼續承擔，沒有出來澄清。」

我望向凱思，希望她能站在我這邊，但她仍然瞪著我，好像不知道我是誰。

英格莉說：「我還是很氣凱思，但是妳，妳做的事情是不可原諒的。」

我的喉嚨一緊。「事情就那樣發生了，我沒有多想。」

英格莉回擊：「妳有啊，妳當然有。妳總是想東想西，想自己看起來如何、別人如何看待妳、誰受歡迎、誰不受歡迎。這件事妳也有想。妳知道後果，但是妳不在意。」

我哽咽地說：「我不知道她會離家出走啊。」

凱思往後退了一步。「但是妳傷了人，純粹為了好玩。」

我抗議道：「沒有！」

英格莉說：「我們一直在幫妳，但妳卻騙了我們。」

「我沒有騙妳們。」我只是沒說出全部的實情。

英格莉指著我。「妳說珍妮是因為外星人離家出走，但是並不是這樣。她是因為妳才離家出走。」

我的耳朵嗡嗡作響，視力一片模糊。我的心彷彿離開了我的軀體，因此我人身在高處的某一個地方，位於遙遠的宇宙。從外太空觀看，太陽小得像一粒沙。

然後，我又迅速墜回我的軀體，全身因為汗水而刺刺癢癢的，五臟六腑翻騰不已。

我以為珍妮需要知道做人處事的道理。我以為她需要遵守風雲榜的階級秩序，才能夠融入。而最可怕、最糟糕的事情是，在擔憂了這麼長一段時間之後，我以為我值得擁有片刻的力量。我以為奪走她的力量是得到力量的唯一方式。

或許，人們害怕相信是因為，相信錯的事物會帶來災難的後果。

她是因為妳才離家出走。

我問：「所以我現在變成壞人了？」我一邊說，一邊恨透了這句話的每一個字。

英格莉沒有回答，衝出廁所。凱思跟上去，轉過頭看我最後一次，好像想要說些什麼，卻又不知道有什麼可說。

32

世界要滅亡了。

我想要相信，我想要在外太空找到某個東西、比我還要龐大的東西，好解釋珍妮到底發生了什麼事，並解決這個問題。

但，我太愚蠢了，才會認為我能成為一個擁有信念的人。

我沒辦法撐過剩下那幾堂課，所以我跑去保健室，告訴護士小姐萊拉我經痛。

自從認識蕾根的那天之後，我就沒說過這種謊，我原以為她會叫我離開，但是她卻皺起眉頭。或許是因為我臉上的表情，或許是因為我的雙手在顫抖，又或許是因為珍妮消失後，每個人都變得比較柔和。護士小姐萊拉沒有給我止痛藥，然後叫我回去上課，而是點點頭，說：「妳到床上休息一下吧。」

我聲音顫抖地說：「謝謝。」

「等等。」

我停下腳步，擔心她改變了心意。現在的我無法面對我的朋友。我甚至不知道現在的我還有沒有朋友。

她打開抽屜，從裡面拿了一顆巧克力給我。「巧克力總是有幫助。」她的眼神告訴我，她知道這跟經痛無關。

我收下巧克力，心裡很想哭，因為我不值得她對我這麼好。但，我眨眨眼，不讓眼淚掉出來，再次對她說聲謝謝後，就躺到病床上縮著。

我在保健室度過了剩下的時間。每隔一個小時，護士小姐萊拉就會過來問我是否可以去上課了，但每一次我都搖頭，於是她就在病床邊緣留下一顆巧克力。

我爸媽放學後過來載我，看我回答他們的問題時有氣無力地咕噥，更加深了原先的擔憂。

回到家後，媽在我躲進房間之前阻止我，說：「妳可以跟我們聊聊，拜託。」

我也很想。真相是如此難以隱藏，恐怕我一張嘴就會說出口。但是，我想起凱思和英格莉看我的表情。我甩開媽媽，跑進房間。

我有出來吃晚餐，但那只是因為我擔心如果不那麼做，我爸媽會擔憂到爆炸。另外，也是因為我沒吃午餐的緣故。

我們坐在餐桌旁，媽媽深吸一口氣，我知道她打算要說一番話。我做好心理準備。

「瑪洛麗，親愛的，妳最近總是把話悶著——其實過去這幾年都是這樣，但我告訴自己這是正常的，所以我盡量給妳空間。可是，我們也想當好妳的父母，想在妳需要的時候支持妳。」

我說謊：「我沒事，只是身體不太舒服。」

我沒有看她的眼睛，因為我怕會在她眼中看到什麼。我們吃著爸爸的德式泡菜，氣氛十分凝重。我注意到爸媽在我頭上交換了焦慮的眼神。

他們讓我靜靜吃完我的晚餐，吃完後，媽走到烤箱前拿出一個派。肉桂蘋果的香氣從熱騰騰的派皮中逸散而出，媽媽把派放在桌上，帶著焦急又關愛的眼神看著我。

我又說了一次：「我沒事。」但是接著就哭了出來。

爸跳了起來，彷彿房子失火了，但是接著，他不知道要做什麼，於是又坐下來，握著我的手。

媽媽從餐桌的另一邊跑過來，跪在我旁邊，雙手抱著我。

我沒有等他們追問，就全都告訴了他們。我告訴他們搜獵外星人和尋找珍妮的事，告訴他們**那件事**，告訴他們蕾根在廁所哭的事，也告訴他們凱思和英格莉聽我坦白一切之後的反應。

這是我今天第二次講述**那件事**，也是有史以來的第二次。這次，**那件事**感覺不那麼像一場意外，而是由許多錯誤一層一層慢慢堆疊的，一座危險不穩的悔恨之塔。

我爬上那座搖搖欲墜的塔，卻沒發現自己爬了多高。我怎麼會讓自己爬得這麼高？我為什麼沒有往下看，看看我們到底在做什麼？我想像那座塔崩塌了，我想像自己墜落。

我輕聲說：「你們覺得我是壞人嗎？」

爸爸喃喃地說：「天啊。」這些資訊一時之間很難消化。「當然不會。妳有做錯事嗎？有。但是妳在試圖彌補，妳在從中學習。」

「我學到我不能相信自己。」

媽媽發出一個痛苦的聲音。「我之前告訴妳，我們怎麼待人才是最重要的，這沒有錯，但是我沒有說清楚，因為我所謂的待『人』，不只包括朋友、家人和陌生人，還有妳自己。怎麼對待自己也很重要。妳必須夠善良，才能夠在犯錯時原諒自己。妳必須相信自己能夠改過。」

我讓她的話流過我全身上下，試著相信。

媽媽把一綹頭髮塞在我耳後，爸爸捏捏我的手。他問：「妳知道天主教徒為什麼要告解嗎？」

我吞了一口口水。「這樣上帝就知道你有多壞？」

他皺眉頭。「什麼？不是！至少，我的解讀是，告解可以幫助我們認識自己。告解不是為了把我們的祕密告訴上帝，因為上帝早就知道了。告解是為了將我們真實的內心揭露給自己看，因為如果我們不願面對自己一直以來的樣子，就無法認識自己。」

媽媽對他微微笑了一下，說：「不管妳信不信上帝，這句話都適用。當我們面對自己的缺點，就能學習做得更好。這個過程很痛苦，有些人永遠做不到，但妳做到了，這樣的妳，還有妳的改變，都讓我們感到驕傲。」

我哽咽了，喉嚨痛痛的。

爸爸說：「妳告訴我們這些是正確的。」

我盯著餐桌，端詳磨損木頭的溝槽。「我永遠都得在正確的行為和美好的感覺之間做選擇嗎？」

媽媽遲疑了一下。「做出正確的行為在當下不一定會讓人有美好的感覺，妳也這樣想，對不對？有時，那會讓人非常害怕，可是，之後就會出現一種感覺，好像妳這個人和妳想成為的人融為一體了。就像是……平靜的感覺。妳現在有這種感覺嗎？」

「可能有？」我抬頭看，看見他們的表情充滿驕傲、力量和理解，心裡有個東西動了一下。我內心那一球一直糾結的擔憂漸漸鬆動。我的胸口打開了。

他們的話在我內心剛打開的空間迴盪，某個東西變得明朗。真相就在我眼前。

媽補充道：「還有，瑪洛麗，請不要再調查了，好嗎？」

我點點頭，但是我的腦袋轉個不停。面對自己的錯誤，我們才能了解真相。

或許外面並沒有外星人，但是珍妮還在外面。還有最後一個筆記本沒有看，我一直在逃避這件事，因為要直視自己的所做所為實在很痛苦。

但最終，我不得不面對它。

33

我等父母睡了以後，才從床底下拿出那個皺巴巴的塑膠袋。蕾根和泰絲離開廁所後，我留下來挽救珍妮的筆記本殘骸。現在，我把東西倒到地上，宇宙似乎因此歪了一邊。

撕破的紙張從袋子裡傾瀉而出，小小的殘酷碎片像流星一樣墜落地面。《陳珍妮的宇宙指南，第七冊》。

珍妮圓滑的字跡瞪著我。

我皺著臉，把撕破的紙張攤開來，就像一幅用珍妮的希望、夢想、祕密與發現所拼湊而成的馬賽克鑲嵌畫。

我試著把她的文字拼回去，這真是一團亂，讓我一直回想起廁所的那一刻。撕、撕、撕。我的眼前一陣模糊，我閉上眼睛。

然後，我想起珍妮做過的事，將掌心舉向天空，開始短促地吐氣。呼——呼——

呼——。她做這個舉動時看起來超怪，但我現在懂了，這是在聚精會神，我也能做到。

我張開眼睛，回到眼前的任務，一個小時後，我已經拼好許多段落，散落一地。我終於開始閱讀珍妮寫下的文字——她好幾個月前要我閱讀的文字。

珍妮的整顆心都在這裡，看見完整的她感覺有點像皮被剝開，情感跟某個裸露的東西擦撞。我感受到她的感受，知道我傷了她……讓我很受傷。

我很想停止，但我逼自己繼續。我把另一個片段湊在一起後，有三個字引起我的注意：麥田圈。

我出現某種感覺，某種直覺。

我瘋狂尋找對應的碎片，找到後，看出她是在寫無名鎮的一塊空地。那是她看見麥田圈的空地，是讓她相信有外星人的空地。

我的心因為一絲直覺而怦怦跳，我努力搜尋記憶，找尋答案。我在她家後院過夜時，珍妮提到她曾經看過麥田圈，就在軍事基地附近。軍事基地旁邊有一個公園……一個其實比較像是空地的公園，也就是我和英格莉三年前把自己的名字縮寫燒出來的那個空地。對一個開車經過、充滿希望的女孩來說，那些歪歪斜斜的線條的確有可能看起來像麥田圈。

恍然大悟在我的血液裡竄流，又燙又冰。無線電傳來的訊息不是*"how are"*，是*"Howard"*才對，也就是霍爾公園（Howard Park）。

我回想起跟珍妮一起過夜的那晚，又想到了某件事情。她曾經說，流星雨是搜獵外星人的最佳時機。那座公園甚至還有一個電波塔，在這一刻之前，那似乎從來沒有任何重要性。

我知道了，珍妮今晚一定會在霍爾公園，就在流星雨期間。

我趕緊把手機拿來，得知流星雨會在快要凌晨兩點時發生，只剩下一個小時多一點的時間。

我該怎麼過去那裡？

我跳起來，跑到書桌找尋英格莉的那三張紙，將它們翻過來，看到：方法、惡兆、訊息。

方法。我可以騎腳踏車，但是那會花很久的時間，而且晚上騎車太危險了。

我可以叫爸媽載我去，開車只要二十分鐘。可是，媽媽才剛叫我不准再調查了，他們一定會叫我回去睡覺，讓我繼續擔心，我也沒有時間說服他們。

那就只剩一個選擇。我知道我應該拜託誰，只是我不想要。我深吸一口氣，決定賭賭看，然後傳訊息給蕾根。

打給我。

我們並不是會打電話的那種朋友。不在學校也沒一起過夜時，我們都是傳訊息。但是，現在的情況只傳訊息不夠。不知為何，身為好朋友的我就是知道蕾根現在還沒睡，正盯著手機上我傳來的訊息，思考要不要聽我說。

我又再打下：**拜託，好不好嘛？**

等待蕾根回覆的同時，我開始思考惡兆。除卻這一切，還有什麼讓我感到不好的預兆？開車讓我很擔心，可是蕾根很有自信，知道怎麼做。所以，我願意接受這個風險。

但，還有一件事使我心神不寧。我再次鼓起勇氣，這次打給凱思。我不會要她們幫忙，但是我覺得我應該讓她和英格莉知道最新情況。我們一起經歷了這麼多，我不希望沒知會她們就行動。我想，不像英格莉，凱思會接起來的。

第一通電話凱思沒有接，於是我再打一次。電話進入語音信箱，我又再打了一次。接著再打一次。

沒有用。她不是睡著了，手機轉成靜音模式，就是不想理我。

我的內心感到惶惶不安，但是我突然看到被推到書桌角落的一樣東西——是那個塑膠盒。

我拿起對講機。凱思會把對講機放在房裡的機率很小，會把對講機打開的機率更小。但是……

我對著對講機說：「凱思，是我，瑪洛麗。拜託接起來。」過了一下，我又補充道：「完畢。」

我瞪著對講機，希望靠意志力讓它發出聲音。

它發出聲音了。

凱思質問：「妳是怎樣啦？現在是半夜，而且我很氣妳，瑪洛麗。」

我吐出一陣溫熱的情緒。呼。因為雖然她很生氣，但至少她願意跟我說話。

接著，她非常勉強地補充一句：「完畢。」我都要哭了。

我趕緊說：「凱思，我搞懂了。」

凱思停頓了一下。「這話是什麼意思？」

我告訴她關於霍爾公園、筆記本和流星雨的事，每一個字擠成一團，當我說完後，凱思那頭發出窸窸窣窣的聲音，然後她才說：「我們要怎麼過去？」

我不太確定我有沒有聽錯。「不是，凱思，妳不用去，我去就好，我有問蕾根——」

「蕾根？妳找了蕾根卻不找我？」

我說：「妳根本不理我！這我也能明白。我會告訴妳只是因為——」

「因為我們要共患難，雖然妳做了一件很可惡的事，而且還說謊。結果現在妳卻想落下我們？」

「我不是……我只是……」我咬著嘴唇。

她嘆了口氣。「在今天晚上的贖罪日儀式，拉比❹提到了寬恕，說那不只是人和上帝之間的事。他說，上帝存在於人與人的關係中，所以寬恕是你和你所傷害的人之間的事。我不確定我是否相信上帝的存在，但是我相信當你感到抱歉時就要把事情修補好。這是一件功課。」

我告訴她：「那就是我試著要做的事。」

她說：「我知道，雖然我很氣妳——別忘了這點，但是儀式當中也有說到：『願所有人都受到寬恕，因為所有人都有錯。』我自己也有要彌補珍妮的地方，所以……我們一起把這件功課完成吧。」

「我該打給英格莉嗎？」

凱思遲疑了一下。「她真的很生氣，對我們兩個都是，所以讓我告訴她吧，完畢。」

我在等凱思的消息時，蕾根打來了。

「瑪兒，妳還好嗎？」她的聲音清晰尖銳、非常清醒，即使到了現在，即使經過這一切，我的心還是跟著亮了起來。她打來了，所以我們之間或許還有修復的可能。

我在懷疑自己之前就趕快說：「我知道妳說這不值得，但是我知道珍妮在哪裡。她可能有麻煩了，我們有機會幫助她。」

蕾根遲疑了一秒鐘、兩秒鐘。「妳為什麼要告訴我這些？」

我跟蕾根說話從來沒有這麼緊張過。我強迫自己把話清楚又有力地說出口：「因為我認為妳也想做對的事情，我需要妳的幫忙，我需要會開車的人。」

④拉比（Rabbi）是猶太人中精通經籍的精神領袖、宗教導師階層，負責主持猶太教的宗教儀式。

第73條 相信

就算你變成世界一流的外星人搜獵員，你可能還是會有懷疑自己的時候。這很正常，每個人都會發生，連我也是。

是真的，有時候就連我也會懷疑，相信是不是錯的。

有時，看見天上的光芒，我會想：要是那根本不是不明空中現象呢？要是那只是一架經過的飛機？或是衛星？或是軍方發射的某個東西？

有時，我會想起51區，那個讓許多人相信，把軍事武器建築群變成希望的象徵的地方。在最低潮的日子，我會想：要是人們看見的怪事不是來拯救我們的外星人呢？要是那些真的就只是核武測試呢？要是我們一直以來看見的東西就只是人類的暴力而已呢？

從芝加哥搬來諾威爾的這幾天，是我非常低潮的日子。我一直跟貝卡吵架，我一直在思念爸爸，我一直害怕這全新的一切。

可是，每當我有這種感覺，我就會提醒自己：搬家令我很興奮，佛州很酷，是全國不明空中現象目擊次數第二多的州。發射太空梭的卡納維拉角也在這裡。最重要的是，這是我們全新開始的地方。所以，這裡很特別。

此外，在我們開車前往新家的途中，我們經過那塊空地，就是幾年前我看見麥田圈的那塊空地。我出現龐大事物真實存在的那種感覺，相信一切的發生都是有理由的。我想，我注定要來到這裡。

34

我坐在屋前的草地上等待，讓被灑水器浸溼的小草弄溼我的牛仔褲。空氣中似乎有電流竄來竄去，但夜空晴朗無雲。我還沒有好好思索英格莉的第三張紙：訊息。我不知道我要對珍妮說什麼，但是等我們到了那裡，我會想出來的。我們一定要去那裡，而且要快。

我檢查手機：流星雨再三十八分鐘就會開始。

我檢查手機：沒有新的訊息或來電。

因為凱思堅持要來，所以我們計劃讓蕾根先去接凱思，如果凱思有辦法連絡到英格莉，或許也可以去載她。然後，她們就會開來我家。可是，她們十五分鐘前就應該要到了。

我打給凱思，卻直接轉到語音信箱。

我打給蕾根，也是直接轉到語音信箱。

我突然想到，她們可能卻步了，我可能只剩下自己。

接著，我的手機發出嗡嗡聲，是凱思傳來的訊息：**放輕鬆，我們在路上了。**

我把頭放在膝蓋之間，提醒自己深呼吸。只有凱思才會在這種時候叫我放輕鬆，但是不知為何，這令人感到安心。

正當我等到快爆炸時，我聽見蕾根她爸的灰色廂型車踉踉蹌蹌開來的聲音。車子走走停停、走走停停，最後在屋子前方猛然煞住。

我跳起來，跑去找我的朋友。蕾根坐在駕駛座上，一臉專注與不悅。凱思在對蕾根訓話，但是我在車子外面聽不到內容。

我打開後座的門，肺部擠壓得好像吸不到空氣。

凱思告訴我：「蕾根超不會開車！這真的很可怕，畢竟她要開車載我們。」

蕾根揉揉太陽穴。「我會開車！我只是有些生疏。我倒想看妳開車的樣子，凱思。」

「蕾根，我又不會開車，妳才應該是那個會開車的人，那是妳會出現在這裡的唯一理由。」

我在蕾根還沒回答前插嘴：「生疏沒有關係。」雖然我不確定是不是這樣。我對蕾根的能力太有信心了，沒考慮過這可能會有多麼危險。「慢慢地、安全地開，這麼晚了路上不會有車。」

我轉頭問凱思：「英格莉不想來？」

凱思的臉垮了下來。「我有跟她聊過了，但是我覺得她還沒準備好見我們任何一人。」

我勉強地點點頭，雖然我很難過。我、凱思和英格莉雖然只有短暫結盟，但是那感覺非常接近真正的友誼。現在我才明白我有多麼想要那份友情。

我告訴凱思：「謝謝妳來。」

她說：「我想相信善良的存在。」

蕾根直視前方，緊握方向盤，緊到手指關節都泛白了。「妳需要我，所以我就來了。」她的嘴唇緊閉成一條線。「準備好了嗎？」

我點點頭。「我很高興妳們兩個都在這裡，這件事很可怕，珍妮大概也很害怕，她自己一個人在那裡。」

凱思深吸一口氣。「她很快就不會是一個人了。」

蕾根來回看著我們，眉頭深鎖，好像看到了什麼奇怪的東西。最後，她說：「妳們很在乎，這樣很好。」

我看得出來她是真心的，但是她的語氣有某種令人不安的成分，我不太理解的東西。我說：「我知道妳也很在乎。」

我不曉得她有沒有聽到我說的話。她搓搓手臂，把雞皮疙瘩搓不見。「我們走吧。」

我心想我是不是應該再多說些什麼，但是已經沒有時間了。我爬進後座，蕾根打了方向燈。她看向後車窗準備倒車，離開P檔，然後踩下油門。

我們出乎意料地往前撞。

我的五臟六腑翻滾了一下，蕾根大叫，卻沒有從D檔換到R檔，而是慌張地把油門踩得更大力。

廂型車往前衝，開過我家庭院的路檻。

我吼道：「**倒車！**」

凱思叫道：「**煞車！**」

然後，在我們三人的尖叫下，廂型車撞上我家的信箱。

我們被安全帶束緊，信箱的桿子則裂成千千萬萬個碎片，砰地一聲掉到地上。我震到覺得五臟六腑都變成泥了。

蕾根把鑰匙拔出來，引擎發出一個可怕的聲音，然後才停止。

我們瞪著信箱——或者應該說，信箱破爛的殘骸。我們完全說不出話。

最後，凱思說：「我們可能需要備案。」她發出一個怪異的聲音，我過了一秒鐘才意識到她是在笑。在我們開著廂型車撞壞信箱後，她笑了。

雖然我又驚恐又慌張，不知道接下來要怎麼辦，但我也開始笑了。我克制不住。腎上腺素爆滿了。

蕾根對我眨眨眼，露出受到背叛的眼神。然後，她用雙手摀住臉，我以為她在哭，但是原來她也在笑。有時候，我們就只能大笑。

我們總算又能正常呼吸時，我問：「廂型車還能開嗎？」

但，蕾根沒有時間回答，因為我父母房間的燈亮了。前門猛然打開，我媽從房子裡飛奔而出。

35

媽媽從不會浪費時間吃驚。她總是說：可以做出行動，為什麼要做出反應？現在，她說到做到，穿著運動褲、襪子和舊T恤直直跑向我們。

她拽開廂型車的門，倒抽一口氣。「瑪洛麗！」

蕾根說：「哈囉，摩斯太太。」她依然緊緊抓著方向盤，但是她的聲音冷靜平穩。

媽媽盯著蕾根，然後凱思，然後我，掃視我們身上是否有明顯的傷口。「出來！妳們全部都給我出來！」

我們一個一個出來，在草地上排成一排，擰著雙手，鞋子戳進草裡。

「我真不知道要從何說起。」媽媽把指尖互頂，閉上眼睛，幾乎像在禱告，雖然我從來沒有看過她禱告。

她終於張開眼後，直直看著我。「解釋一下。」

我從結論開始說：「我們找到珍妮了。」

媽僵住不動。有那麼一瞬間，她讓自己感到吃驚。接著，「噢，瑪洛麗，我不是說不要再調查了？警方還在找——」

我插嘴道：「不！我們沒時間了她——」

媽說：「說慢一點，瑪洛麗。」

可是，沒有時間慢一點了，我、蕾根和凱思同時說話。

我說：「我沒有想要背著妳偷偷摸摸，但是我把所有的線索都拼湊起來了，我必須改正這一切——」

凱思說：「我和英格莉很氣瑪洛麗，但是她解開了密碼——」

蕾根說：「我不該來的，我不該插手——」

媽舉起一隻手。「女孩們，幫幫忙，妳們全都一起講話，我跟不上。」她跪在草地上，變得比我矮一點點，然後問：「瑪洛麗，妳為什麼會在那輛廂型車裡？」

我告訴她：「我們必須去霍爾公園，珍妮在那裡。」

媽遲疑了一下。「妳怎麼會這麼認為？」

「我不是那麼認為，我是確定知道。好吧，我有百分之九十五確定。」

媽媽停頓了一下，內心天人交戰。「我說過我需要一個信任妳的理由。」

我的心往下沉。經過晚上的對話後，我以為他們終於開始懂我。但是現在，我搞砸了。我輕聲說：「對不起。」

媽深吸了一口氣。「但是我沒有想過，妳可能也需要信任我的理由。妳永遠都可以來找我和爸爸，我們都是站在妳這邊的，如果開車去霍爾公園是妳需要的……那我會帶妳過去。」

從她的臉上，我可以看出她不相信珍妮在那裡，但她相信我需要做這件事，那就夠了。

「真的嗎？」我的聲音激動得都結巴了。

凱思問：「真的嗎？妳要帶我們去？」

蕾根用她一貫的方式盯著媽，下顎僵硬憤怒，眼神好像快要哭出來。

媽媽站起來，看著我的朋友，好像忘了她們也在。「這個嘛……我不能沒有得到妳們父母的允許就半夜帶妳們出門。」她嘆了口氣，用一隻手抹過臉。「進來吧，我必須打幾通電話。」

媽媽打電話給她們的父母時，我、蕾根和凱思坐在我的床上。我們聽見她在另一個房間來回踱步，聽到了片段的對話內容：「她們似乎十分堅信」；「我確定那只是她們一廂情願的以為，但是或許這是她們需要的」；「可以帶來某種了結吧」。

我們聆聽時，蕾根撥了撥她的瀏海，說：「瑪兒，要是妳想錯了呢？要是這真的就只是亂猜的？要是珍妮……不見了呢？」

凱思咬著指甲。「那我們還是得知道到底是不是這樣，不是嗎？」

蕾根沒有回答。

我說：「我很肯定珍妮在公園，一定是的。」

「我覺得我不——」蕾根突然住口，然後恢復鎮定。「妳確定妳想見她？」

雖然這樣不對，但是有一部分的我知道她在說什麼。儘管我很想找到珍妮，有一部分的我卻也害怕面對她。

凱思溫柔地說：「妳可以辦得到。」

我不敢相信自己居然這麼久才看見真實的凱思，看見她帶刺的盾牌底下，那深厚的和善。

蕾根還沒來得及回答，爸媽就走進我的房間。媽說：「好，凱思，我跟妳的父母談過了，妳爸爸會來載妳。」

凱思看著自己的手。「好的，摩斯太太。」

媽媽皺起眉頭。「蕾根，我聯絡不上妳爸爸，我想他應該睡著了，我們可以路過妳家，讓妳下車。」

蕾根說：「我爸不在家。」

「他不在家？這是什麼意思？」媽媽跟蕾根說話的方式，幾乎像在跟另一個大人說話一樣——一個她不太喜歡的大人。

蕾根聳聳肩。「他出差去了。」

爸爸眨眨眼。「那妳是……一個人在家？」

蕾根點點頭，好像這沒什麼大不了。

「這種事常常發生嗎？」

蕾根聳聳肩。

爸和媽交換了一個眼神。他們看見蕾根的肩膀往內縮的樣子，好像她想把自己捲成一團。她的左腳因為緊張而抖動。他們看見蕾根凌亂的頭髮、揉得紅腫的眼睛、長滿粉刺的下巴、布滿雀斑的臉頰。沒化妝時，她看起來年幼許多。

爸爸將一隻手放在媽媽肩上，媽媽的表情變得柔和。「好吧，那我想妳就跟我們一起來。」

蕾根瞪大眼睛，雀斑好像在發光。有那麼一瞬間，她微微笑了一下，然後又不笑了。她看著地面，表情又變得難以捉摸。

這一刻是如此張力十足，所以當我們聽見有人敲門時，全都跳了起來，認為會是警察、外星人，或甚至是珍妮。

我們跟著媽媽來到客廳，媽媽打開大門，看見英格莉站在那裡擰著雙手。

我脫口而出：「英格莉，妳來了！」

她的眼睛一一瞄過蕾根、我的父母、凱思和我。「你們的草地上有一輛廂型車。」她告訴我們，彷彿我們沒發現似的。

凱思嚴肅地點點頭。「沒有錯。」

英格莉看沒有人打算解釋，便說：「我最後決定我應該跟妳們兩個一起去。我還是很生氣，但是後來我看到外面的車禍，還以為……」她縮了一下。「但是妳們都沒事。」

我肯定地說：「我們都沒事。」

媽媽轉向爸爸，又轉向英格莉，說：「看來還有一通電話要打。」

36

整個社區都被點亮了。開車經過時，我們看見幾乎每一間房子都有用一串串的小燈泡裝飾，雖然離聖誕節還有好幾個月。我想起了新聞報導，羅潔絲老師說她會點亮自己的房子，現在看來大家也都跟進了。

看著這幅景象，我的肋骨後方有某個東西抽動了一下。我想起珍妮那天晚上在帳篷裡說：可以被星星圍繞，為什麼不要？

蕾根說，學校的那些手繪海報是源自愧疚，而不是關懷。但是或許，兩者都是。或許，人們發現自己沒有好好歡迎新來的女孩和她的媽媽來到這個社區。或許，他們明白自己應該忽視那些謠言，應該送個派過去。

他們當時沒那麼做，但是從現在開始，或許我們會做得更好。

接著，天空加入這些睏倦的小房子，也亮起了燈光秀。我貼著窗戶，看著流星劃過天際。我們必須趕快抵達公園。

媽媽跟英格莉的媽媽談過了，她們同意讓英格莉跟我們一起去，如果我們需要這麼做，才能像她們說的「把事情了結」。凱思的爸爸來了之後，她說服他開車跟著我們。所以，我、爸、媽、蕾根和英格莉坐在我們的車裡，凱思和她爸則跟在我們後面。

英格莉先上車，佔據了蕾根平常坐的位置。經過尷尬的一瞬間後，我坐到中間。在正常情況下，坐在蕾根和英格莉之間我會覺得很不自在，但是現在，我的心思不在那上面。

我說：「我們太晚了。」我很擔心我們會錯過流星雨，也錯過了珍妮。「快開車，拜託快開。」

我的父母馬上開車。

我們飛快地穿過黑夜，追逐星星。我們經過城鎮外圍成排的汽車展售中心和缺水的棕櫚樹，我全程幾乎沒有在呼吸。然後，我們完全駛出諾威爾的範圍，四周都是空曠的空地。

我的骨頭一陣震動，我差點以為是外星人，要把我搖出我的軀體。然後，我才發現原來是我的手機在口袋裡震動。

是蕾根傳來的訊息：**要是我們找到珍妮，她卻告訴大家我們做了什麼，**

那怎麼辦？她一動也不動地低頭看手機。

我回答：**那我們就面對它，學習做個更好的人。**

我看見她的下顎變得僵硬。她看起來不像我以前認識的蕾根，她看起來既迷惘又害怕。而現在我也覺得在她的鯊魚眼神後面，她一直都很害怕。

她寫道：**我不知道我該不該在這裡。**接著：**妳已經不需要我了。**

我覺得她的意思是，我不需要有人幫忙開車了，但是感覺不只這樣。我傳訊息給她：**難道妳不想把事情變好嗎？**

假如我不想跟從，或許我可以領導。我可以幫助她。

她回答：**那不重要。**當她終於對上我的眼睛時，我看見她臉上的心碎，知道就算她想修補這一切，現在也不夠勇敢。

我放下手機，給她一個「謝謝妳」的眼神。謝謝妳願意嘗試，謝謝妳現在在這裡，謝謝妳曾經成為那個我所需要的人。

但是，這個眼神也是在說「抱歉」。我很抱歉妳的父母這樣對妳，很抱歉我們做了那些事，很抱歉我曾經是那樣的人，或許，也很抱歉我現在是這樣的人。很抱歉，我沒辦法再成為妳所需要的人，妳也沒辦法再成為我所需要的人。

我不用說話就可以傳達很多訊息，但是這感覺是我們共通語言的結束。有一天，我和蕾根將再也無法理解彼此，而那天或許很快就會到來。

她吞了一口口水，點點頭，臉上的表情道盡了我剛剛對她說的一切。

為什麼人們這麼害怕相信？或許是因為，假如他們相信有一個更好的世界存在，他們就得很努力才能讓那個世界出現。

蕾根關掉手機，把它夾在膝蓋之間，然後望向窗外，望著星星墜落。

我看向手機的地圖，我們正漸漸朝霍爾公園移動。

再七分鐘。

我們終於抵達後，媽媽車還沒停好我就打開門，用我有史以來最快的速度狂奔。

我情急不已。我非常瘋狂。

媽媽喊道：「瑪洛麗！慢一點！」

但是她在很後面，我幾乎聽不見她的聲音。

流星點亮夜空，我一邊跑，一邊呼喊珍妮的名字。空地從眼前快速掠過，其他一切似乎都在漸漸消失。夜晚似乎太過安靜，空氣有點太冷。感覺一切都在發生某件事的邊緣搖搖欲墜——此時，我看見她。

她在那裡，就像遠方的一個小點，位於電波塔的底部。她開始攀爬。我大叫：「珍妮！」我的肺部壓在我撲通撲通跳著的心臟上，讓我幾乎就要窒息，但我現在不能停下來。

直到我跑到電波塔的底部，她才往下看，看見了我。她皺起眉頭，搖搖頭，彷彿難以理解。

「我們找到妳了！」我伸出手，彷彿有辦法抓住她，把她拖到安全的地面。她的鞋子就在我的指尖上方，左腳運動鞋的鞋帶鬆脫了。「我們找到妳了！」

珍妮緊握的手鬆開一秒鐘，我的心漏了一拍，但是她重新調整，把手握緊成拳頭。她說：「瑪洛麗？」她看向我身後，看見蕾根和英格莉跑向她，看見我的父母在遠方，看見凱思和她爸剛下車。

她的表情僵住了，從困惑變成害怕。

我說：「我知道妳當時肯定很害怕，但我現在是來這裡叫妳回來。我們不該說那些話、拍那些照，還有廁所——妳知道的。我們很抱歉，現在沒事了。」

「妳覺得沒事了？」她喊道，說到最後幾個字的時候有些破音。「天啊，為什麼妳就是不放過我？」

我眨眨眼，仍然因為跑步而喘不過氣。「可是——什麼？」

她的臉因憤怒而扭曲。「妳為什麼還繼續這樣對我？妳為什麼老是想要把我扯下去？」

她越爬越高，我看著她離我越來越遠。

我的耳朵緊張到充滿嗡嗡聲，然後突然間，我也開始攀爬。我聽見我的朋友和父母大喊我的名字，但我還是繼續爬。金屬比我想像的還要冰冷，寒意滲進我的掌心，使我的雙手顫抖不已。

我告訴珍妮：「這很危險！」話說出口之後，我才意識到這個事實。別往下看。

「我要被妳嚇死了。」

珍妮的笑聲很刺耳。「那妳知道我有多麼被妳嚇到嗎？妳知道我在那間廁所有多麼害怕嗎？妳能理解嗎？」

「瑪兒！」媽媽在我們的腳下苦苦哀求，她的聲音非常脫序，我從來沒聽過她這麼狂亂。「瑪洛麗！珍妮！我現在就打給消防隊，拜託妳們抓好，不要再爬了。」

珍妮繼續爬。

我也是。

我手腳並用一步一步往上爬，珍妮總是剛好在我碰得到的距離之外。冷風刺痛我的眼睛，讓我流出淚，但是我不敢擦。整個世界在淚水之下變得好模糊，我差點踩空。

珍妮停下來，我們兩個都在塔上停頓，試著喘過氣來。她用力瞪著自己的雙手，說話時好似在啜泣。「妳想讓我消失，把我畢生的研究撕碎，讓我再也不知道自己是誰。妳把我撕碎了。妳把我撕碎了，然後哈哈大笑！」

我說：「我並不想傷害妳。」

「那為什麼妳還是傷了我？」

我應該事先想好訊息的，我應該事先想想該說什麼的。現在，我只能結結巴巴地說：「我不知道。我不是……我不是故意針對妳。」

珍妮望著天空，望著燃燒夜空的星星。她低頭看著我，眼神充滿憤怒的火焰。「我花了好多時間，想要試著了解妳為什麼要傷害我。我還以為有什麼偉大的理由，我還以為只要我能理解妳，或許一切都能說得通。可是……妳不是故意針對我。」她笑了，就像被冷風親吻的金屬一樣冰冷銳利。「妳不是故意針對我。天啊，這樣更糟。」

「對不起。」我說得很小聲，風可能把我的話吹走了。

她沒說什麼。

「我覺得我看到外星人了。」我慢慢爬到她身旁，兩個人肩並肩抓著塔身。「我看到一個不明空中現象，這次是真的。妳離家出走後，我真的在我的房間外看到了。」

她說：「我不知道。」她眼裡的火焰變成黯淡的灰燼。她的聲音不帶感情，充滿了空虛。「我不知道我為什麼相信妳、相信外星人、相信任何東西。他們不會來了，沒有人會來。」

她的話擊中我的胸口。我因為跑步和攀爬，所以還沒喘過氣來，我往下看，馬上就後悔自己這樣做。世界好像在晃動，彷彿我在摩天輪的頂端搖搖晃晃。

大家都聚集在塔的底部，看起來好小。我聽見他們的叫聲，但在狂風中聽不清楚他們在叫什麼。

我把疼痛的手指握得更緊一點，強迫目光離開地面，回到珍妮身上。

我說：「我來了啊。」

她顫抖著吸了一口氣，看向星星，不看我。

我說：「我覺得我永遠無法向妳解釋我們為什麼做了那些事。」

她轉向我，好像不由自主似的。她的臉上沒有希望，但是有很接近希望的東西。「試試看。」

我坦承：「我——我覺得我的內心可能有一部分很壞。這部分的我想要……更多。我很怕它，我以為我必須壓抑它，否則它會控制我。」

她吞了一口口水。

「我以為我必須把那個感覺變得很小，讓它消失。可是當我看著妳的時候，妳很……強大。妳不害怕自己的強大，讓我……我不知道為什麼，但是那讓我很生氣。因為，我也想要有那種感覺，一次也好，可是我不知道該怎麼做。我現在還是不知道該怎麼做。」

「所以，妳試圖從我身上偷走它。」

「或許吧，這樣我就能擁有它。或者我可能純粹不希望妳擁有它。」

她深吸一口氣。

「對不起。」我又說了一遍。

珍妮閉上眼睛，我往下看。我的朋友和家人在我們腳下喊叫哀求。我的手指因緊握塔身而發疼。我的眼睛刺痛，我預期自己會暈倒……但我沒有。

在這上面，在電波塔的側邊，我又浮現了摩天輪的頓悟感。那天晚上，我以為世界很脆弱，以為不進行破壞、傷害他人，我們就沒辦法在其中生存。

可是，或許不只這樣。例如，假如我們進行破壞，或許我們也能進行重建；假如我們傷害他人，或許我們也能幫助他人。

我不知道是腎上腺素還是其他東西的緣故，但是我不像平常那麼害怕了。我當然還是很怕，可是我也知道我們會沒事的。我們會爬下去，一切都會沒事的。

我聽見遠方傳來鳴笛聲。我說：「求求妳，下去吧。」

她遲疑了一下，挪動身子，稍稍鬆開緊握的手。我胸口的結解開了。我們會沒事的。

然後，天空閃了一下，像閃電一樣明亮。一切都變成白色的。

陳珍妮鬆開手。

我發出尖叫，伸出手想抓住她，但是太晚了。

陳珍妮往下掉。

37

有些時刻會讓你開始相信某些東西。那些時刻是如此怪異、如此不可能，所以永遠烙印在你的記憶裡。它們改變了你，讓你相信世上存在著更龐大的事物。

因為，珍妮明明往下掉，很快地卻又沒有繼續往下掉。

時間靜止了。

許多年後，這一刻的細節會越來越模糊，我會回想起這件事，心想我當時是不是真的看到了什麼。

但是，回到這一刻的我：我在電波塔一半的高度，緊緊抓著塔身，盯著那個說不上是在下墜的女孩。

那道閃電縮小成一道光束，珍妮在光束中懸空，被光照亮。

一切都變成慢動作，只有流星不是。那些星星的碎片仍在我們頭上劃過天際。

我和珍妮對上眼，她的表情跟我的感受如出一轍：驚嚇、恐慌，還有一點燃起希望。

有可能嗎？真的是嗎？

亮光閃了一次、兩次、三次，她的眼睛瞪得更大了。她的頭髮飄在肩膀上方，好像她被一股看不見、不可知的力量抓著，一股比重力還強大的力量。

我心想到底發生了什麼事，我又到底應該相信什麼。

接著，那一刻伸展、斷裂，時間又重新開始運轉。

珍妮往下掉。

我很害怕。

38

之後的那幾天似乎既模糊又拉長、既擴張又收縮，全都同時進行。

消防車在珍妮墜落後幾分鐘抵達霍爾公園，急救人員趕緊送她前往急診室。幸好，她除了一隻腳骨折，其餘安好。目前，她跟學校請假一陣子，在家休養。

我的父母也讓我請幾天假，我那一段期間在擔憂和鬆了口氣之間來來回回。爸給我吃了超多德式泡菜，老實說我有點膩了。

意外發生的五天後，凱思和英格莉敲了我的房門。

珍妮一直不想見我，所以凱思和英格莉每次探望完她之後，都會來向我報告她的近況。她們把筆記本還給了珍妮，也跟她道了歉。從她們那裡，我得知她在離家後的第一個晚上躲在商場的廁所，之後幾天則在樹林裡露營，使用她跟她爸一起做的拼裝無線電朝天空發射訊號。我們跟媽媽開車經過時，她的訊號短暫干擾了本地廣播電臺的訊號。我、凱思和英格莉在電臺時，又攔截到另一個訊號，也就是她發送的摩斯密碼訊息，內容說了流星雨期間她人會在哪裡。

今天，我問凱思和英格莉珍妮恢復得怎麼樣，英格莉長篇大論地解釋了一番她針對骨折所做的研究。我和凱思靜靜地聽，汲取所有的知識。她講完後，凱思說：「珍妮已經準備好跟妳聊聊了。」

我坐得更直了。「真的嗎？」我這個星期一直想跟珍妮聊聊，但是突然間，我又怯懦了。我不想再搞砸這一切。

英格莉對我露出溫柔的笑容，凱思則伸手輕捏我的手臂。我、凱思和英格莉沒有回到之前的樣子，但是在霍爾公園的那一晚後，我們無法否認自己正在因為更龐大的事情建立起感情。她們決定往前看，而非往回看，我們都在努力變成我們相信自己可以成為的人。

她們離開後，我在我們家最好的盤子上放了一塊媽媽的派，然後拿了我要給珍妮的禮物，走到對街。

陳媽媽開門後，我把派遞過去，說：「這個給妳。」當然，媽已經來過好幾次了，她最近烤了很多派。

陳貝卡警戒地看著盤子。她不是很喜歡我，經過這些事情後，我也不怪她。但是，她最後還是接下盤子，示意我進屋。

「妳是怎麼……」她遲疑了一下。「妳是怎麼知道她在哪裡的？」

「呃。」我感覺她這個問題的背後有一個更大的問題。「她給了我她的筆記本，裡面有答案。」

她閉上眼，說：「我應該要知道的。」我覺得她比較像在對自己說話，而不是對我。「我應該要找出答案的。」

她張開眼，補充一句：「對她好一點，她值得人家對她好。」

「我知道。」我無法表達我有多麼明白這點。

她帶我到她女兒的房間。她關上門後，我感覺到她就在外面等候。

珍妮的房間放了滿滿的鮮花和巧克力，濃烈香氣意外地讓我的眼眶溢滿了淚水。我眨眨眼，把眼淚眨掉。好多同學都送了東西來，我甚至看到蕾根送的向日葵和彼特送的泰迪熊。

珍妮說：「嗨。」她躺在床上，全身都有瘀青，一隻腿打了石膏高高舉著，但是她看起來比我預期的還要好。雖然我從凱思和英格莉那裡聽到的也是如此，但我這時才感覺肩膀開始放鬆。

我說：「嗨。」我小心翼翼地走向她。「我帶了一樣東西給妳。」

我摸索背包的拉鍊，感覺比平常更笨手笨腳。彷彿經過一世紀之後，我終於拿出一個全新的筆記本。我說：「如果妳想要的話，這是第八冊。」

我把筆記本放在她旁邊的桌子，她深吸一口氣，但是沒有說話。

我問：「妳……呃……妳還好嗎？」

她說：「很痠痛。」

「對不起。」

「你們大家都說想要把我帶回地球時，我沒想到你們是認真的。」

她的笑話讓我笑出聲，但我馬上就感到不自在，因為我不確定我該不該笑。

不過，她的嘴唇微微上揚。「本地的新聞想要採訪我。」

我點點頭。「他們也有問我、凱思和英格莉，但我們說他們應該先採訪妳，因為這是妳的故事。」

「沒錯。」她想了一下。「但這也是妳的故事。」

我並沒有這樣想過，很驚訝她這麼想。我問：「那我是故事裡的壞人嗎？妳逃家的理由？」

「別把自己想得這麼偉大。」她笑了，我也笑了，這種感覺很好。接著，她正經地說：「沒錯，妳是其中一個理由，但不是全部的理由，因為我也想要證實某些東西，我想要去外太空找到真正的答案。」

我說：「我不知道外太空有沒有答案，但是這裡或許有，就在地球上，就在我們之間。」

她看著我，然後笑了。「瑪洛麗，妳好三八。妳一直都這麼三八嗎？」

我從來沒有這樣想過自己，但是這似乎沒那麼糟。「或許吧。」

她說：「凱思和英格莉告訴我，我不見的期間妳們做了什麼，說妳們全都在找我。我不知道廁所發生的事能不能挽回，但是……謝謝妳找到了我。」

我說：「是我要謝謝妳才對，妳向我展現要如何去相信。」

她把眼睛別開，突然太感性，說不出話來。

我脫口而出：「妳掉下去的時候我好害怕，我不知道妳會不會怎麼樣。」

她輕聲說：「我很驚訝我沒事，因為我們爬得這麼高，突然間有一道閃電，我……好像……我感覺……」她不確定地沒把話說完。

我不知道她是不是想要說這個，但我往前靠，坦言：「妳好像飄在空中。」

她瞪大眼睛。「感覺就是那樣！可是，我問凱思和英格莉，她們都說事情發生得很快，她們只有看到我掉下去。」

我搖搖頭。「我問她們的時候，她們也這樣說，可是我看到了，妳就定格在空中。」

「而且那道閃電不知道從哪裡冒出來的。」

我點點頭。「佛州有很多閃電，但是完全不像那樣。那道閃電感覺不只是閃電。」

我們瞪著彼此，有那麼一瞬間，一切都消失了。我們是兩個看見不明事物的人。但是，我們沒有說出自己真正的想法，沒有說出自己相信或希望那道閃電可能是什麼。

有一天，或許我們會聊更多，或許我們會好好調查過去幾天那些無法解釋的事物。或許我們會討論我在夜空看見的不明空中現象，討論那是外星人、軍事基地的東西、上帝，或純粹是迫切希望相信時所看見的近乎魔法的事物。

有一天，或許我們會因為探索這些問題而建立起情誼，縫合我們之間深如峽谷的裂痕，讓我們產生類似友情的關係。

或許。

我問：「我們要告訴記者這些事嗎？無法解釋的事？」

她抬起眉毛。「那可能會把這座小鎮變得像51區一樣，把諾威爾變成一個特別的地方。」

我思考了一下，想像無名鎮變成有名鎮會是什麼樣子。接著，我想起了搜索隊、手繪海報和那些一閃一閃亮著希望的房子。我告訴她：「或許這裡已經很特別了。至少，我覺得人們如果繼續關懷彼此，這裡就算沒有外星人也很特別。」

「這樣想真好。」她看著我，好像看到什麼全新的東西或不同的東西。一開始，我還感覺到過去的擔憂一閃而過，很需要知道她在想什麼。但是接著，那種感覺消失了，就跟來時一樣迅速。

她問：「妳想知道我最喜歡的太空知識是什麼嗎？」

我很驚訝她會想要告訴我。我說：「噢。好啊，我想知道。」

她近乎微笑地說：「別擔心，跟外星人無關。」

「我沒有擔心。」

她點點頭。「我最喜歡的知識是，宇宙間所有的氫氣都是在大爆炸的時候創造出來的，而人體有百分之十是由氫氣組成。這就表示，我們有百分之十跟宇宙一樣古老。」

我試著理解這件事。一週前，這個想法可能會讓我頭昏腦脹，但是現在我發自內心地說：「好酷噢。」

「這讓宇宙感覺更有連結感，好像即使外星人不存在，即使我們孤零零的，我們也不是真的孤零零，因為我們全都是由同樣的物質所組成。打從最初，我們一直是這樣，妳懂我的意思嗎？」

世界好像變得不成比例。我的內心有個東西在滋長，一開始感覺像是那熟悉的焦慮感，但其實並不是。那個東西更加龐大、更充滿希望，就像無限擴張的可能性。

我告訴她：「是啊，我想我懂。」

我們內在的推力和拉力啟發我們去改變和發現。我覺得這樣很好，至少我選擇這樣相信，因為我們全都比自己所知道的還要強大許多。我們全都是這廣大宇宙的一部分，充滿無窮、雜亂的生命。

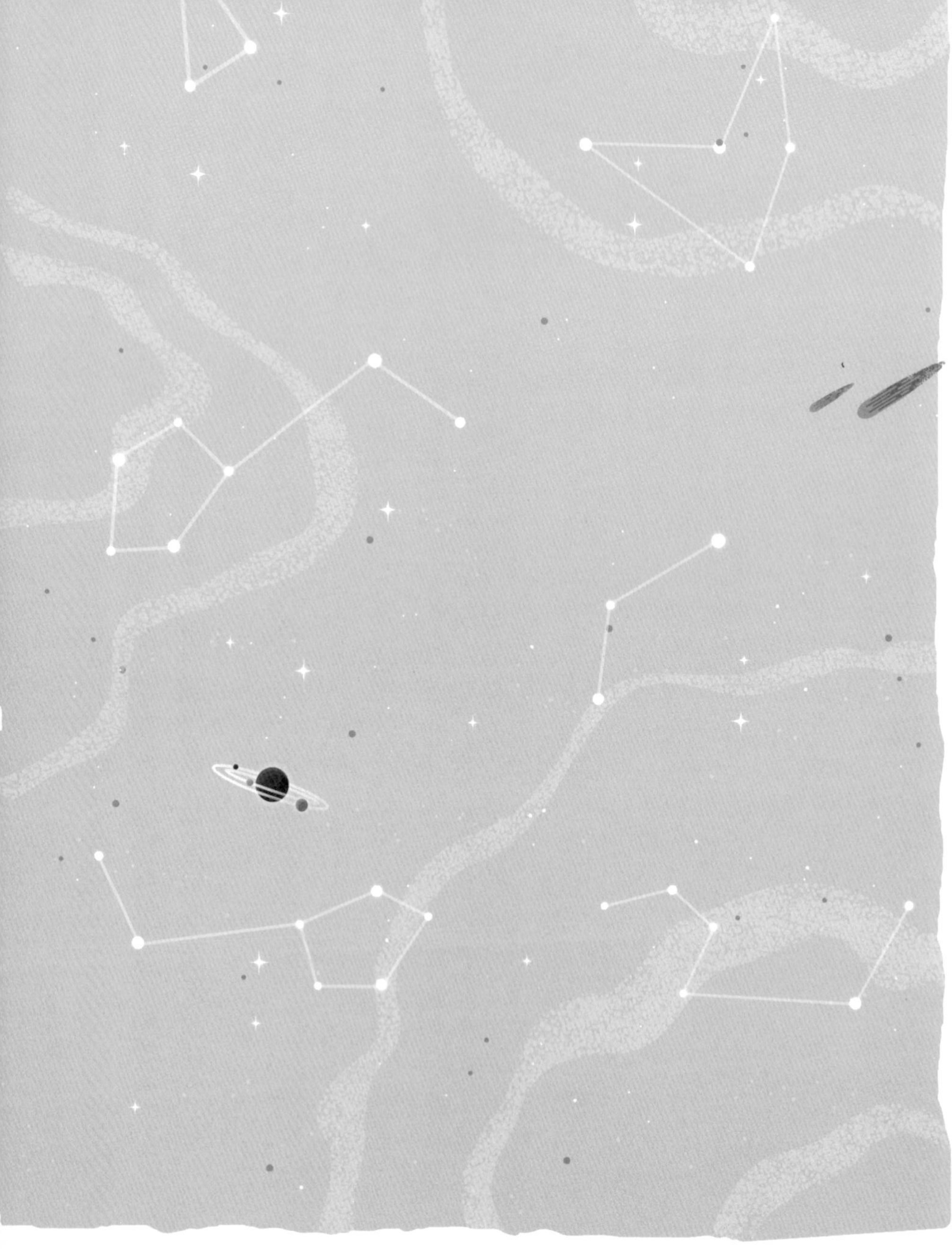

第1條 你以為你是誰呢？

一切的開端就從大爆炸開始。

原本，一切寂靜無聲，後來出現一個大爆炸，所有雜七雜八的物質、光線和生命就都出現了，沒有回去的可能。沒有任何東西能夠把所有這些雜七雜八全部塞回一粒小小的塵土。

它只會越來越大——我是說宇宙。在那無窮的空間裡，有好多東西等著我們學習與發現。那裡有好多東西是我們不明白的。

當然，我還在尋找答案，因為我就是那樣。可是，從那座塔掉下來——從那座塔掉落但沒有掉下來——之後，我覺得……那看不見的神祕物質或許也沒那麼可怕。

宇宙有百分之十是已知的，有百分之九十等待發現。

我們有百分之十是由宇宙間最古老的元素所組成，有百分之九十是全新的。

所以，我們不明白的那些自己或許不好也不壞，而是介於兩者之間，什麼都有可能。

有一個關於宇宙的事實：沒有人知道它會怎麼結束。有些科學家預測會出現一次大擠壓，也就是重力把一切拉近，最後內爆。有些科學家認為會出現一次大撕裂，也就是暗能量越來越強大，把一切扯開。還有一些科學家則認為，宇宙會繼續像現在這樣，永遠不斷擴張下去。

不過，既然我們不可能知道答案，我不如也提出自己的理論。

科學家提到重力和暗能量時，說它們就像在拔河，但是我不認為那是一場比賽。我認為，這些力量一直都是為了合作而存在，並不是要創造像大擠壓或大撕裂那樣一切的結束，而是要維持潮起潮落，擴張與收縮。

我們把彼此推開，又把彼此拉近。

我們互相傷害，然後又互相幫助。

我們出發探索浩瀚的宇宙，然後又回歸家園。

作者的話

我就是廁所裡的那個女孩——那個背部緊靠洗手臺、被一群同學團團圍繞的女孩。這些女孩有的曾經是我朋友、有的當時我以為仍然是我朋友，還有的我從未跟她們說過話。

霸凌是從我中學的時候在社群媒體上開始的。十二歲的他們傳給我或是討論我的訊息非常惡毒，不適合放入給十二歲的孩子看的小說。他們還計劃在我的飲料裡加料、害我骨折、把我溺死。

我告訴自己和別人我不害怕。白天時，我裝出這一切我都無所謂的樣子。但是，我會在失眠的夜晚躲在棉被底下，等待這一切結束。

經過幾個星期，情況快速惡化，霸凌從網路轉移到現實世界。她們在學期的最後一天到廁所堵我。

其中一人說：我要讓今天變成妳可悲渺小的生命中最慘的一天。我希望妳永遠記得這天。

我確實記得。

我記得廁所牆壁的裂縫，記得閃爍的昏暗日光燈，記得其中一人看著我說話的樣子：妳以為妳是誰啊？

她們說我什麼也不是，我永遠都什麼也不是。

我記得我在心裡說：不要哭，不要哭。直到她們終於離開後，我才蜷縮在廁所隔間，在冰冷骯髒的磁磚上啜泣，心想她們說的是不是對的。

那感覺是一切的結束。

我告訴老師，但他們說他們什麼也不能做，因為沒有大人目擊霸凌的過程，而且反正這個學年也要結束了。他們說：好好享受暑假，妳很快就會忘了這些事。

我不知道該向誰求助，便在日記裡寫下那件事，彷彿在告訴自己：這件事發生過，這件事很重要。

我在日記裡記錄幾乎未加掩飾的霸凌情節，彷彿透過書寫，就可以從我的經驗中挖掘出合理的解釋。我哪裡做錯了？那些女生為什麼這麼氣我？是什麼讓她們想傷害我？我自己想像答案，希望幫助自己理解。

書寫通常有幫助，而在這個例子中也是，但是我仍感覺我漏掉了什麼，好像我找不到對的答案或我沒有問對問題。最後，我告訴自己往前走。我試著忘記那件事。那還算有用。我們有可能對記憶麻木，就像我們對家的味道麻木一樣，待久了，我們會忘記有任何味道存在。我不再注意到埋藏已久的痛苦。

然後，我開始書寫有關中學的書。造訪學校、跟學生說話、分享我的故事、也聆聽他們的故事的同時，我挖出過去的經驗。那就好像出門在外很長一段時間後回到家，發現：天啊，我家有檸檬皮的味道！

我一直在逃離廁所的那一刻，因此回顧那一刻時感覺一時失去了方向。可是，學生不斷問我自己的中學經驗，當我告訴他們我被霸凌時，他們有好多問題想問。

妳有說什麼？為什麼會這樣？妳是怎麼應對的？

我發現自己開始給出大人曾經給我的建議：妳會沒事的，有一天妳會忘了這些事。

但是，我的話聽起來很空洞。那些學生想要答案，就像十二歲的我一樣——就像長大後的我一樣。在那些中學禮堂和教室對他們演講時，我重新拜訪了曾經的自己。我發現，我必須說出她的故事。我欠那些問問題的孩子這個故事，也欠我自己這個故事。

我跟朋友提到最新的寫作計畫時，對方很困惑。妳為什麼要回想那段過往，讓自己重新受一次傷？

我那時候還沒有確切的答案，只有說：我覺得我必須這樣做。

《陳珍妮的宇宙指南》的初稿跟我多年前所寫的中學日記很類似，花了這麼久的時間努力遺忘後，我開始告訴自己：這件事發生過，這件事很重要。

在初期的稿件中，我想要尋找答案。我認為，長大成人的我終於有勇氣從源頭找起。

我聯繫了以前霸凌我的人。

我們約出來喝咖啡或傳訊息或視訊通話，然後我問她們為什麼要傷害我。

那些對話並非都很容易。有些人不願意承認發生了什麼事，有些人忘記了，有些人不願記起。

但是有些人還記得，或不願忘記。她們問：妳想知道什麼？我會盡力回答。

那件事發生十五年後，我突然又變回十二歲的自己，心臟怦怦跳、掌心狂冒汗，想要尋找一個可以讓我理解這個世界的答案。

我問：為什麼是我？

她們盡力回答了，但是她們能夠給的最好答案是：她們不是故意針對我。

老實說，那不是我期待的回覆。畢竟，那對我來說就是在針對我。假如任何人都有可能像我一樣——假如我只是剛好在錯的時間，來到錯的地方，碰到錯的人——那就好像我在我自己的故事裡不重要一樣。

不過，當然，那不只是我的故事，也是她們的。她們的答案某種程度上像是在邀請我追問下去，因為如果那不是故意針對誰，什麼才是？

我發現，我一直都問錯問題了。我一直把焦點放在某一個時刻：*妳為什麼要那樣說我？妳為什麼要那樣對我？*但，我應該看得更廣、更溫柔一些：*妳是誰？當時的妳想變成什麼樣的人？妳***現在***變成什麼樣的人？*

簡單來說，我發現自己在問霸凌我的人曾經問我的同一個問題：*妳以為妳是誰呢？*

我逃避這個問題逃避了十五年。從她們的口中說出來，這個問題好像是一種挑戰、一種指控，提醒我不要這麼高高在上。

但是長大後，回首過去、看向未來時，我發現這個問題還有更廣大的意涵。

我本來想知道：*是什麼造就霸凌者？*但我應該問的是：*是什麼造就一個人？*

這是一個沒有答案的問題。或者該說，這是一個有著無限答案的問題。

於是，話題轉變了方向，我們聊起自己在中學是什麼樣的人、我們的家庭生活和學校生活、我們的夢想和不安。以前霸凌我的人說，她們已經有所學習，她們已經有所成長。其中一人坦承，那時的她很憤怒，沒有大人真正看見她的傷痛，她的怒火無處發洩。另一個人告訴我，她當時感覺自己好渺小。

其中一人跟我分享，傷害我——傷害他人——是如何改變了她，她的行為變成一面鏡子，促使她做得更好、成為更好的人。還有一個人現在是社運人士，努力在為今天的孩子把世界變成更溫柔的地方。

在這些對話中，我們慢慢摸索從成年回到少年時期的道路，闢出通往過去某一刻的路徑。回去並不容易。但是，找到回去的路之後，我們也找到回來的路。我發現，我並沒有讓自己重新受一次傷。反之，我在療癒自己，第一次真正獲得療癒。

療癒的起點，就從承認這個創傷發生過開始。它傷害了我，嚇壞了我，粉碎了我相信世界很安全簡單的信念。但，它也教會我如何重建、為他人挺身而出、看見自己堅韌的一面。明白這個經驗很重要、我很重要，就是療癒的開始。

而明白我沒有被困在那一刻，我的霸凌者也沒有，同樣也是療癒的開始。療癒是看見他人和自己內心的混亂，是學會原諒，是明白改變不是必然，但卻是有可能的。

十二歲時，我很害怕我的霸凌者，怕到不敢去上學，但是大人給我的建議卻是：

妳會沒事的，有一天妳會忘了這些事。

前半段是對的，後半段卻不是。

學生問我的問題，我仍然不是全部都有答案，但是我想對那些孩子說：假如你正遭受霸凌，假如你知道有人正遭受霸凌，或假如你傷害了別人，要知道，有一天你會沒事的，這不是一切的結束。

或許有一天，你會忘了這個經驗。

但，那不是我對你的希望。我對你的希望是，有一天你會從這個經驗中痊癒並獲得成長。

我希望有一天，你會把這個經驗視為一個開始，而不是結束——你會開始知道，自己能夠開創人生的道路、培養對他人的同理心、相信世界的善良和可能，即使在最黑暗的夜晚，也能看見無窮無垠的星星。

我希望，那一天很快就會到來。

在此同時，也要告訴你的父母、老師或信任的人關於霸凌的事，在學校、家裡和心中找到安全的地方，並且要知道自己是重要的，知道你並不是孤單一人。

謝辭

卡洛琳．艾比：謝謝妳打從一開始就相信這本書，並發揮阿宅精神查證這個故事的每個層面，從太空知識、羞恥感的心理影響，到中學第一次化妝的經驗等。我很感恩妳在整個寫作過程給我的指引。

我也非常感謝蘭登書屋的團隊，包括：芭芭拉．馬庫斯、茱蒂絲．歐特、米雪兒．納格勒、瑪洛麗．洛爾、芭芭拉．巴可瓦斯基、凱瑟琳．溫克、卡翠娜．達姆柯勒、潔思敏．霍奇、凱莉．麥克高利、雅德里安．維恩特勞柏、克莉絲汀．舒爾茲、克里斯．甘、約翰．阿達默、艾蜜莉．杜瓦、艾瑞卡．史東、蕭娜希．米勒、蘿拉．赫南德茲、艾蜜莉．布魯斯，還有其他許多人。

我也要謝謝迪昂．MBD 完成優秀的封面插圖❶。

❶ 原書封面。

莎拉．戴維斯和雀兒喜．艾伯利：謝謝妳們在我寫這本書的期間支持我。還有菲伊．本德爾：謝謝妳讓這本書順利走過終點線。

大大感謝我那些超棒的寫作和出版朋友，使我在這個雲霄飛車般的產業保持理智：蘿倫．馬格茲納、布琪．維瓦特、山姆．摩根、艾莉．傑伯、布莉．巴頓、蘿倫．葛蘭許和班．葛蘭許。沒有你們的商業建言、說故事的天才能力、訊息串和電子郵件，我該如何是好？

此外，我也為了這本書向許多專家求教。我要謝謝馬特．格拉納托跟我解釋無線電的運作原理，讓我的故事變得真實（或接近真實）；謝謝塔克維拉警局的警員告訴我警方的辦案程序；還有，謝謝卡爾．薩根、奈爾．德葛拉司．泰森、莎拉．斯科勒斯和伊娃林．蓋茨，雖然我沒有跟他們聊過，但是他們的著作對我的天體物理學和外星人研究非常重要；我也很感恩我的一些老同學，因為我突如其來傳訊息給她們說：「嘿，我們能不能聊聊自己以前的樣子？」她們也都願意提供自己的見解、觀點與反思。

爸、媽：我有沒有好好謝謝你們在中學那幾年給我的支持？當時的我在學校真的好痛苦，但是你們讓我在家有一個很安全的地方，雖然我許多年之後才明白那有多重要。謝謝你們。

善熙：謝謝妳讓我想要變得勇敢。妳一直都是如此。

謝謝我所有的手足——善熙、艾蜜莉和亨利：這場疫情唯一的好處就是可以跟你們常常相處。謝謝你們跟我討論關於善良、殘酷和世界現狀等重要的話題。你們的智慧也為這本書做了很多貢獻，或許比你們所知道的還多。

當然，還有賈許：跟你在一起的每一天我都感到好幸運，謝謝你當我最棒的廚師、聆聽者、播客共同主持人、摯友，以及共度餘生最棒的人選，也謝謝你想了這個書名。

最後，但絕不是最不重要的：我在二〇二〇年的二月開始寫這本書。一個月後，美國進入封城模式。在這種時期寫小說並不容易，但是確實讓我的作家煩惱顯得微不足道許多。因此，我想要大大感謝所有醫護人員、超市員工、科學家和關鍵工作者。我也要謝謝許多盡力讓自己和他人保持安全、帶著同理心與溫情回應這些悲傷與不確定感的人。看見他人為自己的社群和陌生人所做的一切，給我很大的安慰和希望，提醒了我即使在最糟的時候，人們也能展現良善的一面。

國家圖書館出版品預行編目資料

陳珍妮的宇宙指南／泰・凱勒(Tae Keller)著;羅亞琪譯.－－初版一刷.－－臺北市：三民，2023
面；　公分.－－（青青）
譯自：Jennifer Chan is not alone
ISBN 978-957-14-7656-8（平裝）

874.57　　112009588

青青

陳珍妮的宇宙指南

作　　者｜泰・凱勒 (Tae Keller)
譯　　者｜羅亞琪
責任編輯｜張絜秐
美術編輯｜曾昱綺

發 行 人｜劉振強
出 版 者｜三民書局股份有限公司
地　　址｜臺北市復興北路 386 號 (復北門市)
臺北市重慶南路一段 61 號 (重南門市)
電　　話｜(02)25006600
網　　址｜三民網路書店 https://www.sanmin.com.tw

出版日期｜初版一刷 2023 年 8 月
書籍編號｜S873040
I S B N｜978-957-14-7656-8

三民書局